排排坐，談談靈，說因果。

草川——著

序——談狐說鬼

雖然離農曆七月還差個多月，也許一早很多靈界老友已買好來回機票船票，自備林寶堅尼、花拉莉之類，到時來港，整容買貨，敘舊結緣，追數或做僱傭兵，靈媒中介之類，提醒各位兄弟小妹妹，蓋香港一向有靈異潮流，無論在電視電影、私人活動，不過勸喻一句：玩得起至好玩。

千萬不要搞興了另一空間的有情，相反過來，陰間的電視臺節目，也派隊採訪人員找你老哥造個訪問，問候你一家，又如何？

有部探討靈界的電影：《通靈感應》。

奇連．依士佛先生，自從不再做被仇家打一爛餐，最後大報復，把對方一鑊熟的獨行俠，轉行做了導演，新鮮滾熱辣一部電影：《義薄雲天》，內容婆婆媽媽，拖泥帶水。可能裁判團敬老有心，讓他拿下導演金像獎。

不過很欣賞他的態度，之後他導演的電影，戲路廣濶，層次不同，但總有顆真心在裏面。

《通靈感應》，是頗有深度的通靈故事，並非人捉鬼，鬼咬人，借鬼入市那類靠嚇的電影可比。

演員麥特．戴蒙老兄，也是很有料的一級明星，此君只有一次做了死蠢，做了張藝謀大爺的演員，拍了一部不知所謂的電影：《長城》。

他是裏面的射箭佬，可以連發八箭，命中九十隻怪獸，不過被他的朋友粉絲，罵足了九百次。

這次他做靈界中間人，低調恬淡，似樣多了，在現實眾生，應該就是這樣，這些年看得太多，聽得更多，甚麼陰陽眼、特別功能感應、奇門遁甲、撒豆成粥，記得在大陸走馬江湖，大秤金，大塊安格斯，和貪官醉到PK，倒也遇過從武當山飛下來的道長，會隱身入公眾浴室偷窺的高人，在峨眉山閉關辟穀二十年的大師，諸如此類，等等。

內容是：一個本來專寫政治文章的法國女作家，在十年前泰國布吉的大海嘯，捲入必死的海水漩渦，瀕死之際看到靈異事件，離奇甩難，從此改變對人生的看法，加上一個真有天賦，但終日逃避，視之為上天詛咒的通靈者。

電影拍得平實到極點，也令大哥我感動到極點，蒼茫大地，空間有隔，逝了的親人故舊，頻頻揮手致敬，如果真有一道無以名之的橋樑，是接線生也好呀。

大哥交遊很雲霧廣濶，雲霧也者，是結交不理時刻對象、階級來路，只要是緣起就可以相識如友，其中當然有很多在修行中的朋友，包括平時很正常上班講學的妹妹，但並沒有一條真正可以和靈界靜靜來去的橋樑。

反而有些攀著車邊，自稱靈界中介人的朋上朋，上來胡說了幾次，江湖路上，有意無意，碰到左右手的，只要不是惡意而來，於是輕輕一點謝意，飯後便走。

幾十年來，這些通靈通神通佛的怪現象，多如菲姐早晨在枱面掃出來的咖啡粉，唉，大多時是被迫入窮街掘頭巷，身不由己，狹路有緣，做些小小布施上的功德，也是好事呀。

通常和女兒娘子乖鼠跳跳虎，談起世事常見的裝神弄鬼，都是黯然無語。

但願真有中介人，上窮天上、下黃泉，可以撮合和故友故親食餐飯，日本放題又如何，紅燒鰻魚、天婦羅，除了海膽魚生，唔該。

人各有業力，沒有錯或對，選擇就是選擇，陰陽好友都是一樣，農曆七月來港度假的陌生或曾經熟悉的有情，討債還債，和你老兄一起看英超開鑼，泡酒吧，靜待緣起。
總之，七月一日，開門啦。

目錄

靈幻篇——

迷離篇

因果篇

靈幻篇

城隍老爺

各位七、八十後的小哥小妹看官，相信有些朋友跟大陸旅行團去逛過上海城隍廟，小哥小妹知道城隍大老爺是陰間派上來，但是出於陽間民間選出來的官嗎？

比起中國任何時期的官場混混，這位四、五品的官員，正氣得多了，大哥我到任何寺宇神廟都不下拜，拱拱手打個合什就算，惟獨是面對城隍老爺，倒會下拜叩首，因為這位陰世上來的大官，即使是在生前為人，也是有德有行，做了陰間派上陽間，調難解紛，也是一個正義之官！

城隍在北齊時期已經存在，一直到了江南、杭州、蘇州和上海，城隍老爺不是宗教團體的製成品，而是本地人民在歷代的忠臣烈士揀選出來的陰間巡撫，而且有城隍府的班底捕快，專受理陰陽兩界的特殊案件，時有靈驗的例子，上海城隍老爺是明朝的愛民好官，姓秦，名裕伯，生前在上海做了長時期的愛民好官！

大哥我不敢掠美，城隍的資料，出自吾友高陽老兄，在他的作品內，不只一次提過城隍爺，到大哥我策騎從商，特別第一次到了上海，尋章搜路，找到了城隍廟，也自然是今昔難比，只怕縱有三、四品的陰間官兒，也換了時興的官袍。

據高陽老兄說，城隍殿門入口，頭頂一個大算盤，門楣兩邊黑筆大字，寫著：人有千算，天有一算！

意思清清楚楚，任你是人是鬼，有千百個算來算去的心思又如何，也不如上天一算！

遇到陰陽世間，因果不明，歷代恩怨，人情債務，愚鬼凡夫，總以為自己必是對的一方，於是糾纏爛打，輸打贏要，最混帳的，就是這類拖泥帶水的婆媽官司。

但大哥我從入口看起，一字不見，算盤失蹤，可能是在文革時期，拆了下來，賣給八國聯軍退役下來的收買佬，分分鐘收藏在某國的博物館內。

諸位哥妹不可不知，雖然天下陰陽兩界善惡難分，終歸鬥不過一個字：理，道理的理！

陽間固然講理，有法律的地方就是理之所在，陰間因果糾纏不清，佛家說三世，不過是方便說法，道家的

修行朋友說有些真實的個案，連本帶利，咪咪媽媽等閑事，十世廿世，又有何出奇，萬一陰陽相爭，只有去找城隍爺，特別是遇到上來陽間要食大茶飯的爛鬼，採花流浪，找個暫時宿主的小鬼。

而且說來奇怪，任何廟寺，話之裏面放了幾個牛高馬大的四大天王，五百羅漢，一樣成為大小鬼怪的投宿地帶，惟一例外的是：城隍廟。

大哥我落難少爺仔時期，是在澳門街。

農曆七月燒街衣，十三、四號，整條街燒得火烘烘，牛王仔整羣出動，包括小霸王我，手拿著紙袋，看好那一家人的祭品大堆頭，他媽的，就去搶那一家的果品，和撒出來的銅錢，因為那年頭燒街衣的習俗，把金銀衣紙燒過後，就把所有生果祭品撒出去，包括貨真價實的銅錢，那時候兩個銅錢，可以買到一碗白粥和油條，所以也是一眾牛王仔的搶錢旺季，口號是：

燒衣不撒錢，等住給鬼錬！

所以最孤寒的人家，都被迫撒一把銅錢，不是撒給來自陰世遊魂冥界親友，而是撒給這羣搶錢的牛王頭！

年年七月燒衣搶錢，總會發生很多和靈界有關的故事……。

終於會驚動城隍老爺。

鬼剃頭

各位喜歡知道鬼訊息的看官，告訴大家一個好訊息，鬼是無處不在的，哈你老友，像前些時那部電影，《星際啟示錄》所說，鬼魂也者，不過是另一個空間世界的訊息傳遞者而已。

早些年大哥我是電視臺編劇，聽過的鬼故事，言之鑿鑿，鑿鑿又言之，何只過千，化妝間三兩百，道具室一、二百，洗手間更不能去，創作組超恐怖，因為既說是創作，編劇個個都是高手高高手，殭屍猛鬼爬窗而入，飄來飄去，熱鬧得很。

所以大哥我只講自己貼身的鬼故事，起碼逼真、有口感。

好教各位讀者好友得知，電視藝人大隊出外景，晚上收工，少不免大伙劈酒溝女，此乃娛樂界的通例，自有梨園、紅船、戲班、電影、電視臺內外景散檔，都是大伙夜宵，胡搞亂食，之後回酒店。

有個二、三線配角的好朋友，在廣東一帶的小城鎮拍外景，散班食野味，灌了一肚黃湯白酒，一時放水情急，就在街角解決，半夜五更，黑過芝麻糊，在進行中，感覺頭頂有冷氣機滴水（剛好滴在頭上），又腥又臭，當下也不以為意，回酒店去也！

第二天照常開工，收工時脫頭套，一梳之下，大塊頭髮跟著脫落，以為頭套太緊，算啦。

第二朝梳洗，又是髮隨梳落，似足日本鬼片四谷怪談中的女鬼，嚇得他大叫救命！

話分兩頭，他在港的娘子，有日在九龍逛街街，在旺角女人街逛到廟街觀音廟，順腳入去求支簽，順便和觀音姐姐的代言人廟祝伯伯吹吹水，伯伯一看簽文，一拍三隻腳的簽枱，說：妳相公出事啦！

娘子馬上買了兩把孖飛人菜刀，一把可以剪鋼纜的鉸剪，相公在大陸出事？九成和果子狸有關，好得很，等你回來算帳。

到那位兄弟打道回府，露出鬼五馬六、七零八落的頭頂，二話不說，老婆馬上拉他到觀音廟，廟祝公即是菩薩觀音姐姐的代言人，說出一個信不信由你的鬼話！

原來這位哥哥在小城街道放水的時候，湊巧對上的屋簷就坐著位靈界的酒鬼，一嗅到他身上發散的酒氣，他媽的，口水就滴在他的頭上！

自古以來，異形的口水強過通渠水，何況異鬼，好在不至於像鏹水，只弄傷他的頭皮，算他十三代祖宗積了福，報消了一頭黑髮。

好在菩薩代言人，果然也有些斤兩，第一時間作法，寫幾句天上傳來的藥單，燒幾晚元寶蠟燭之類，把包香灰給他，叫他先索性剃光了七零八落的頭髮，然後把香灰放入面盆水洗頭三日！

小喇叭，真是不由你不信，一星期後，他的頭髮逐漸長回來，大哥我千真萬確看過他回港時，剃得像個沒皮地瓜的臭頭，又在幾個月後欣賞過他復原之後的頭

髮！那時還對他說：

這位靈界仁兄老哥，九成是在髮型屋工作，剃得你的頭髮如此有創意，像個被野狗咬去一大半的番薯！

曼谷四季酒店

所謂天不留人，雨留人，正是命途可以理解之處，猶如古時書生出門投棧，遇鬼遇狐遇殭屍，看你運程氣場，高昇到雲端，或者下降到甚麼境界而已。

泰國幾十年前比香港和菲律賓、新加坡，都明顯地落後，但幾十年後，星移軌轉，整體還比香港像現代化城市。

雖則如此，我很多朋友常投訴在這裏中招撞鬼，依小弟我多年來遊弋江湖，山頭水寨江南故舊，百里昔年六朝金粉的經驗，他媽的，在大陸撞到正的機會還多過在泰國。

但是最經典的遇靈故事發生在曼谷，但撞到的仁兄仁姊善意得多了，而且也不大像夢境，所以寧可信其真，整件事的過程，不像一般醒來即散的殘夢，而是一絲一毫，儘皆可以用一個精緻的盒子，放好後置之書房一隅，難得的是全無恐怖的感覺，即使閒來請他們飲杯絲襪奶茶，排排坐，咬件藍莓芝士蛋糕，也是快事。

本人講過，修佛讀經之前被嚇得多，之後慢慢知道其實是空間不同，敬告各位的是，六道輪迴其中有餓鬼道，所謂的餓鬼道不同於鬼道，這是說，鬼道和人道其實是兩個空間，大家都一樣平等，人道並非至尊無上，照樣有壞人、惡人，而鬼道何嘗不是如此，不過是一陰一陽的平衡空間而已！

那年曼谷的四季酒店，雖舊猶新，由泳池到房間布局仍然頗有氣派，那年那日，是一房難求的旺季，那晚入得房內，只覺暗多光少，娘子跳跳虎一個自殺式投河動作，三秒內已經虎嘯大起。

這裏要再提提各位，歷來所謂被鬼壓，好像整個人被對方的身體壓上來，原有幾個生理的可能，而不是真的受壓，第一個可能是你運動或工作太疲倦，肌肉的條件反射，暫時不能活動，本人長年運動，經常有此狀況。第二是情緒壓力太大。第三是正面睡眠姿勢太久，也會出現如此效果！

而且任何人睡眠時感覺被壓，必定掙扎，叫亞媽或老公娘子，阿彌陀佛，終於嚇醒跳起，一身冷汗。

但各位有沒有嘗試過冷靜地全身不動，看看被壓之

後的兩三分鐘有甚麼事發生？

那次本人就是如此，把心一橫，看你把大哥我如何處置？

良久良久，五、六十秒之後，跟著才是好戲上演……

敬告一眾姐姐妹妹及兄弟，出門投棧，無論去外國或亞洲城市，最好像大哥我帶兩三本經文，通常是《地藏經》、《普門品》，或《金剛經》，是唸給鬼姐姐或鬼兄弟聽嗎？當然不是，是給你壯壯膽，訓練你一心不亂，清心讀經等如修止觀、妄念妄心寂滅，然後意識清晰，乃可撥雲覩月，如果你已通透經文，好得很，好得呱呱叫，本人就是如此情形下，進入另一個境界！

上床受壓，過了一分鐘或不止，本人打定主意看有甚麼古怪事件發生，果不其然，看見幾個著得光鮮現代，兩位小哥，一位小妹，笑得像三隻和和氣氣的小貓，其中一隻還扶著一輛單車，他告訴我他是德仔，小妹妹叫may，另一個忘記啦，他們說看見我放了幾本經書在枱面，又說我面相古怪威猛，問收他們做徒弟可以嗎？

最搞笑的是問我要不要掩住娘子跳跳虎的眼睛，我說好呀，於是may妹妹果真行動，幾個鬼徒弟、一個老師，倒也談得開開心心，甚麼內容？

忘得八八九九了，只記得問他們下次是否一定要住同一酒店才可找到他們，徒弟說，不必啦，任何一間酒店都ＯＫ！老師甚麼日子來，他們馬上知道！

佛經說的中陰身，其實是大家所說的鬼，但未必是鬼道中的鬼，各位大歸，到了這個鬼居住的空間，每位哥哥兄妹都有神通，甚麼天眼通，他心通，千里通，一起感應，即時鬼到，快過手機，而且一彈指，就知道各位心意，所以養鬼仔也者，不外是靠這位哥哥仔查得你一清二楚！

醒來之後，自然疑真疑夢，最古怪的是自此在曼谷投棧，都平平安安，可能是幾個乖徒弟隨時伺候左右，身為老師，每次每晚，更老實加三倍，唸唸經文迴向各位徒弟徒孫，不理是幻還是妄，反正早晚必然走向同一空間，不妨及早籌備一下，在這裏開間兜率天的別館分校，而且聲色犬馬俱全，金魚缸去得多了，實行搞間更華麗十倍，妖精狐狸，更容易吸納，一旦各位老哥兄弟來此之時，位位六折，附設正宗古法按摩，接待各位妹妹姐姐，歡迎客串！

而且彌勒老師，和其他師兄弟在兜率天坐得悶了，也好下來度度假，打打橋牌或十三張，食碟咖喱蟹，沖沖涼，保證真正狐狸伺候，絕非A貨！

妖精菩薩，人間鬼道，又何必深究！

緣散緣聚

香港東區，是日本軍隊攻陷香港時登陸的地方，亦即北角，說得準確些，是在和富道一帶，攻防之戰，豈會有不死之士兵，此之所以，鬼故事是正常的產品。

早很多些年，大哥我有個外國混中國女朋友住在那區，是故經常晚飯後在她家中吹水，吃碗雙份即食麵加三蛋二腸，好在那個時節是運動員的青葱歲月，一日十餐也消化得來！

女主角有位六、七歲左右的小妹妹，乖而不靜，有點像西片鬼驅人裏面那個被搬來搬去的囡囡。

每晚到得大概八、九點鐘，這個小妹妹無論做甚麼事，都會放下來，跑出露臺，坐在紅色的A字牌小膠櫈，彷彿有個無形小朋友跟她講述世外人間的事，天天如是，晚晚如是，但是依然活活潑潑，並無半點迷茫的表情，大哥我問女朋友發生甚麼事，幾時開始，她說，差不多半年啦，小妹妹叫她的無形朋友做：大公仔！

本人這段轟烈的戀愛一直到大半年後，期間有晚，小妹妹突然哭著入屋，說大公仔走啦，自此以後，果然不再跑出露臺，也不再一個人對著空氣嘻嘻哈哈，有晚實在忍不住，問她的小朋友大公仔晚晚跟她說甚麼，玩甚麼？

她說大公仔不是小朋友，是大姐姐，穿的衣服很漂亮，多數是紅色的長裙，常常對她說來自另一個城市，有次她問可以帶她去玩玩嗎？不會，未到那個時候！

最後她說，大公仔姐姐對她說，裏面那位常來的哥哥（這當然指我）也應該不會上來啦！

果然一星期左右，戀情爆炸，散了板，當然不再上去咬公仔麵了，人間世事，每每悠然而聚，驟然而散，緣起豈不性空。

＊大哥我始終認為無需以恐怖角度，觀看靈異鬼域，請看每日世事新聞，還是一句說話，人幾時比鬼更可愛？

我和藍色女神

早十二、三年，娘子和我，跟隨一個密宗朋友往印尼峇里島，這位密宗朋友在香港大有來頭，行門功夫做得呱呱叫，替因為靈異事件，惹來麻煩的人家，做個有條件的中介人，在大哥我的修行人圈子，都是名聲鼎鼎，甚至替我一家也做了一場小法事，起碼在我的法師名單中，位列第一，是最佳的勸魔人。

各位不可不知，常說甚麼超渡超渡，特別是佛家，做這類靈體綁架式的法事，第一步不是去趕或捕，是勸，即是超渡。

借借菩薩的大名，好好歹歹，大家給個面子，借得

最多的菩薩名號最多是誰？

是大日如來哥哥。

法師兄弟說：屢有奇效。

他媽的，斬邪滅鬼也者，只是外行人或電影導演，患了大頭症的想法，陰世眾生，也是來自人生有情，分分鐘犯了殺鬼罪，給人家在城隍廟告你老哥一狀，在夢中上陰間裁判法庭，大概也不要太好玩的事。

一早已向各位講過，上身原因是被未散的能量攝入磁場有空位的人體，所以不一定整天紮紮跳，呱呱叫，有時被上身者，只會感覺到在自己體內有異物存在，如此而已。

這次鬼上身的大嬸考起這位密宗師父，於是要遠赴印尼找另一位法力甚高的不同門大師兄，師父是印尼人，大師兄在峇里島，乖乖不得了，是島上印度教的教主，為甚麼密宗高手要找印度教的教主幫手？

不知道！

閒話略過，當日中午，到得教主大人的家居兼廟宇，一入門口，這位早餐時還正正常常的大嬸，登時喊到像準備被宰的肥豬，在神像面前跪倒。

娘子和大哥我本來是看熱鬧的心情，咬枝雪條在街邊看會景出遊，巴不得有三點式的巴西狐狸、日本AV女優、大陸T-Back小媽，諸如此類！

怪事發生在本人身上，在大嬸變成死豬的同時，大哥我無緣無故，變成一隻鐘擺，左左右右，右右左左，自自動動，總之一字曰之：怪，但過癮！而且頭腦清醒，知道自己有十隻腳趾、十隻手指！

當然問問教主大老爺，發生甚麼事？這位穿著非常熱帶地方潮流，腳踏人字之拖的中年教主，上香閉目，唸唸六合彩或英超八穿九，費達拿對祖高域，……良久良久，他一直唸，本人一直搖，良久良久，終於教主大人開腔啦！

他說，就在他的廟宇對面山頭，有位全身藍色的女神看上了大哥我，小喇叭，真搞笑，莫非要我做峇里島押寨相公，當然不成，起碼露身讓本人看看，是否有環球小姐的身材樣貌，36、26、37，或可將就將就，讓女神姐姐跟我回去，好歹早晚侍候我和娘子跳跳虎。

他媽的，回港不到一日，在左邊胸口，無緣無故，起了一顆像紅痣凸起的印記，又痕又痛，後來變成一個小斑點！心想，莫非是藍色女神的蓋章，記得相學老師說過，在胸口位置每一顆紅痣代表一位娘子，哈哈，果然不錯，身邊一虎一神，管她是藍色或紅色，做得女神，九成九都是靚女！

不過這位藍色女神是不是和印度數學奇才，拉馬努金，夢中傳數女神的姊妹？甚至是同一人，就不得而知，大哥也不想做甚麼聖三一四一的院士院長，最大的

心願，還是一生一世可以跳跳紮紮，有頭有髮。

＊但一個密宗高手，為甚麼要找另一個印度教高手幫手施法，真是想之不通。

珍妃井

好讓各位客官得知，大陸江南一帶，偌大的地方，說沒有靈異古怪的事件，真是說不過去。

大哥我是確信：怨氣深種於心的過客，從陽關走向奈何橋的半途也會折回人間。特別是在帝苑深闕，幾百年望月無雲，冬雪春霾，無形的殺戮寃死，尤甚於戰場城垛，北京故宮，集中了兩朝陰人妃嬪生前的委屈仇恨，穿腸透骨，死後也應該有她們的平行世界。

在電臺寫怪談式劇本時期，曾經和某個監製拍枱辯論，我說非常簡單，無端端突然死亡或自殺的人類，一

口怨氣仍在心頭，這種不忿之心，可以留住心王八識第六、七、八識，所以特別是上吊跳樓，不應死而死，根本是不以為自己已經死去。

凶宅由來，九成是這些以為自己只是突然斷片的昔日住客。

大哥我曾經在有年有次在練習網球之時，發覺遺失了手機，心有不忿，把維多利亞公園十四個網球場，每寸土地，都翻過七千次，最後土地哥哥終於把我勸走，原因就是：心有不忿。

由心有不忿，引申到不認同自己已經不在人間，這是非常可怕而正路的想法。

九十年代，大哥我經商之站，剛好在天子腳下，北京，時運當旺，布衣尚可以成為王侯座上客，坐在市長和六扇門頭頭的中間位子，韋小寶亦不外如是，蘇東坡、唐寅、王陽明也不能比。

那次伴我去看珍妃井的捕快，親口告訴我一件鬼故事，九十年代的故宮，黃昏之後，已經撤消了巡宮守夜人，他媽的，又有甚麼膽大如貓的遊客，夠膽在陰森迷霧的故宮走來走去，除非是外國的貴客，像大哥我，也有幸看到故宮不開放的另一面，不過我膽小，看的時候選擇早晨陽光燦爛，再不然，找幾個高僧，抬了寺中的羅漢菩薩陪我去也可以，見了珍妃姐姐，最多和她造個訪問。

大哥我現在還保存她在Youtube的相片，有些朋友問：會不會邀請珍妃姐姐回來，飲杯珍藏百年的普洱？

我答，相距百年，恐怕她已經是第二、三次輪迴了，再不然，情天長恨，也許可以算算另一盤因花花果果結下來的業力吧。

通縣人捕快哥哥，那天陪幾個堵車遲到的貴客，其中包括兩個外國人，去看故宮的另一邊，一路上心如皮球，彈上彈落，似田雞，一個鐘頭的宮中路，半個鐘完成，以為回路喘一口氣，經過珍妃井，壞了，三個穿了宮人旗袍的倩影坐在井邊，秋冬時節還執了團扇，很清楚其中一個瓜子臉，面上很有點笑容，望了他一眼，他記得由頸背涼到足踝，而且五、六個人只有他一個人看得見。

他一星期後陪大哥我看雍和宮，才說起這件事，五、六個月後我再來北京，這個每次做大哥我的司機，六扇門，清清秀秀的小俊哥，已經躺在人民醫院，癌症末期，我去看他，他居然還有心情說笑，不知道自己是否有點像光緒皇帝左右伴從的小哥兒，珍主子要找他做伴從。

我那時想，倒未必是珍妃，她的心上人光緒皇帝，對她可是誠心一片，也許是其他寂寞幽幽的宮娥，難得有個完整的俊男，可以陪伴深邃無間的歲月。

神兵出巡

靈界的空間，不是每個人都可以接觸眼見，老師說得極有理由，是和每個人的氣場有關，其實可以接觸亦好，不接觸又不能說一世和靈界無緣，和運氣一樣，往來無蹤，但憑福至心靈，歷史上的人物崛起沒落，緣起緣散，完全有軌有跡可尋，忠忠奸奸，無分彼此。

運去如風，遭遇到的恩怨情仇，出乎想像之外，更無甚麼或然率可說，但可以一直修到最後的，還是一顆心和你老哥的氣場，並無甚麼年齡限制，讀些好書，堅持運動，是最容易和廉價的修行方式。

你老兄修得善根深種，即使落泊潦倒時，遇到的靈界來客，都是有些層次的好鬼，只有存心和你做過忘年朋友，也許他朝是大家的鄰居好友，打打麻雀，捉捉象棋，談談廚房飲食心得之類。

撞鬼的故事聽得太多，有撞神的故事嗎？

有位朋友還告訴我七、八歲時在澳門，當時七十年代的澳門無非等於一個小小市鎮，六、七歲，他一個人清晨坐在門口，看見遠處有隊彷彿穿上大戲服裝的人馬巡行過來，無聲無息，他記得那隊人的服裝是無縫的，經過他身邊，有個人摸摸他的頭頂，也不見他動口說話，但聽到聲音，意思是：我們四百年才出巡一次，讓你看見，你真有福氣！

幾十年過去，這位朋友也許入選了出巡的隊伍，做了天兵天將，本人一直很嚮往這個出巡的場面，因為大爺我相信有不同的空間，加上霍金先生他說，穿梭時空是有可能的，但是無法以物質之身回到過去！

朋友問：有像線裝書內描述的古代靈界嗎？

玉皇大帝、四大天王、神將天兵、女媧娘娘、太上老君。

玉皇大帝是有姓名的，複姓司馬，司馬玉華。

一個修道家很靠譜的好朋友說他的五哥，道術是直接由天上的道家祖師親授的。

朋友的家族在香港商場很顯赫，他本身修佛更早，根本沒有理由跟大哥我胡扯。

只是有次跟他說：可不可以跟他的五哥掛單，請他帶我往陰間城市逛街街？半日自由行，打場網球或橋牌都可以。

他說河水雨水兩碼事，道佛兩家可以排排坐，你食無花果，我食芒果，奇門遁甲你玩不起，瑜伽師地論，他們讀十世也讀不通，帶你下去遊山玩水，萬一遇到離奇綁架事件，恐怕太上老君也懶得救你。

所以只好約定時有奇想的女兒，他媽的，今生完結之後，說甚麼也要去看看五、六百年前的凡間！

突然之死

先給各位看官說件頗恐怖的個案，大哥我有個網球學生，暑期工做裝修設計助手，某日清早跟貨車出發開工，他熟悉的一個工人坐下一部車。開車不久，一個轉彎，後來的車跟對面的大車對撞，翻倒，他下車一看，大件事啦。

十幾人躺在路上，斷手斷腳，其中一個工人，還在三十分鐘前和他吃早餐，現在是只得上半身完整，對著他流眼淚。

過了一段日子，同樣跟車出發，在大轉彎的時候，迎面看見那位死狀奇慘的朋友，就站在貨車上，一面笑容地向他揮揮手帕，叫他的名字？

嚇得他馬上跳車走人。

所以空間絕大多這些死後不甘心，還以為照常生活的朋友，你還能怎樣？最好的辦法，只有超渡而已，但真正有料的大師不多，超渡個屁，只有兩個字，廢話。

有些朋友問我，唸經迴向成不成？

可以，但你先要了解經文，否則心口俱無，枉費時間。

說不定到那位仁兄晚上四更現身，問你經文說甚麼？由窗口跳落街啦，哥哥。

另外電影中經常講到一本降魔伏妖的經典：《金剛

經》。

是所有鬼怪的尅星，他媽的，告訴各位兄妹，百分百是導演自以為如此，你找得到大師解得通已經算你有功德，鬼怪九成九九九，都不會明白裏面究竟說些甚麼東西。

經內沒有圖解，亦沒有註解，更沒有符咒，只是普普通通的文字，釋迦老師和一眾弟子回來，講解形而上下的佛法，畫面平實到了極點，但越是平實，越是多人不明。

為甚麼？

《金剛經》是經中之經，你大哥大大了解得通透，相信不只神鬼不侵，連菩薩都來探探班，飲杯功夫茶，順道打幾圈麻雀，稱兄道弟，之類。

但你到了這個級數嗎？

溫馨提示，妹妹姐姐更應該切記切記，有病之時，大病剛癒，或被人奚落得多，清早照鏡模模糊糊之時，千萬不要去求神拜佛，甚至還神也不可以。

等心情轉好再去，不遲！

事關這等場所，最多靈異之客聚集，而且最近多是流浪客，有苦無路訴，希望瞻仰菩薩尊容，之類。

神佛皆有慈悲之心，超渡眾生有情，他們也是有情呀！為甚麼不能來拜佛求神？

體弱之人，氣場必差，你大姐大哥體內出現虛位，他們自然趁虛即入，不是他們找上你，而是你露出被他們入攝的地方，天陰落雨打大風，妳偏要落街街，要阻

街，將會蹤上跌下的招牌、水浸的電線，災禍是妳自招
回來的，對嗎？

冥婚

講到真實的冥婚個案，很多朋友都有個諸如此類的個案。

除了某電臺高層好朋友的冥婚事件，有個名牌珠寶公司老闆，也向大哥我親口講過他身邊的故事。

在某年農曆前一星期，某晚，她溺死的幺女兒向她報夢，說：年年一個人睇龍舟比賽好悶，今年終於可以揾到一位哥哥仔肯用花轎接她去看，即是說：可以註冊結婚了。

說巧不巧，她女兒遇難的地方，就是我六十年代經常操水的地方，那時，連維多利亞公園泳池也未啟用，

大哥我操水的地方，就是荔枝角泳棚和香港筲箕灣亞公岩南華會泳棚。

這個在荔枝角泳棚溺死的妹妹仔是七、八歲時出事的，報夢的時候是七、八年後，剛好十五、六歲，他一家人當然不信，但第二晚，她女兒再來，而且告訴她過兩日，向她求婚的哥哥仔家長會上門，姓葉，甚麼藉貫的人士，住在哪裏，也是早她三、四年在荔枝角泳棚出事。

好啦，過得兩日，大清早真的來了個姓葉的大媽和大爸，和他姊姊一家提親，而且給他看這個哥哥仔生前的照片，清秀俊朗，這張照片，本人也看過，於是一說即合，決定日期，在泳棚的酒家擺兩圍，揾個道長做法事，不過講好不能有大鑼大鼓和喜慶音樂，主家席上全部要穿素色衣服，不要生雞，只要兩個各帶有兩人生前衣服和一張相片就夠了，需要在農曆八月前辦妥。

之後，順順利利進行，兩家家長自然也有出席，據他說，當晚道長作法，只是唸唸有辭，整圍主家席上的人覺得很睏，恍忽中看見有幾個撐開傘的女孩，伴著穿白色衣服的一男一女進來，而且聽到不知從何而來，DD打打的音樂。

這件事千真萬確，曾經上過報紙的新聞版呢。後來大哥我做編劇時，還把若干情節寫入劇本。

豬仔中邪

相信九十年代後的少爺少姐，都難得再見街頭巷尾的燒衣景象。記得當年做馬騮王的歲月，有一個頗長的時期住在澳門，農曆七月，俗稱鬼節，到了月底，送別移了民，往陰間的故舊親友，燒些手信給他們，是慣常之事。

他們在陽間的自由行，回憶生前的燦爛陽光，無論他們是否上世的叔叔伯伯，或是中途夭折的型男辣妹，想落也頗為傷感！

以前燒街衣，沿古老例會撒糖果、菱角，間中還撒銅錢，那時一個銅錢可以買一碗白粥，兩個銅錢食一碗雲吞麵，遇到一些不肯撒錢的人家，我們這班超級牛王仔，燒街衣時起哄的小猩猩，就會大叫：燒衣唔撒錢，因住被鬼鍊註一！

有個死黨鐵粉綽號豬仔，叫得最大聲是他，他把下一句略為改動，改為因住被鬼X註二，而且叫得特別大聲，好啦，馬上有報應！整個空間彷彿停頓下來，而且寒氣加深，七月中的夏雨天，突然出現秋臨的肅殺寒心的現象！

牛王頭豬仔，登時變成發豬瘟的病豬，頓時癡癡呆呆，面色慘白，人也說不出話，全部頑皮仔都知道，豬仔中了邪。

有道是：神壇寺宇，堪容有情眾生。城隍府衙，豈有妖孽隱藏。

上一輩人教路，在燒街衣現場有幾個禁忌，一，是不能指手劃腳大笑。二，是不能粗言爛口。三，是出現灰燼旋轉的情形時候，千萬不要走近，可能是靈界來客在搶錢，你他媽的一句爛口，侮辱了陰陽兩界的有情，這還得了？

所以這條毛毛蟲豬仔，馬上出事，暈倒在地，那當然不是甚麼好事，落難少爺仔我，馬上飛回家，告訴聲稱做過菩薩，兼現實中過氣軍頭的老爹。

第一時間去十月初五街，找當年最負盛名的問米婆歡姐，回來就坐在街邊簷下，透過靈界中介人，雖然沒有燒豬沒有雞，只是一束香燭，一碗碎米，四四六六，和陰間的六扇門大哥，由午夜三更，論斤計兩，到五、六更，仍然談不入巷。

好在那天是七月十二，還有不足兩天的時間，真是救豬三十六小時。

歡姐不夠功力，於是回去佛堂找大法師教路，法師撫著頭頂的地中之海一算，好，告上城隍廟。

先把癡迷了的憨豬，搬回本家，明朝一早，去郵政局打長途電話，找上海的師兄弟，寫狀紙，豬仔的年生八字，發生甚麼事，原因事由，在城隍廟燒香焚狀，結果到傍晚時分，這條毛毛豬終於還原，依舊是一隻小學時期，每級例留一兩年的笨豬。

豬仔清醒之後，我們還問他看見甚麼？他說迷迷茫茫，好像穿過一條長長的泥路，兩旁有耕種人家，其中有一戶人留他飲了一碗湯，咬了幾塊肉，味道不錯，他和枱下一隻土狗拉拉手，做個好朋友，但被咬了一口，醒來，就是這般如此。

不過這家要多做一次燒街衣，冥幣冥鏹不計其數，自然少不免要大撒祭品和銅錢，惹禍上身的豬仔，要跪在一旁叩叩頭，他的老爹老媽，也要破破財，大灑銅錢、菱角、馬蹄，花差花差，益了我們這輩牛王仔！

註一：這句廣東俚詞很難改動，意思是：當心被鬼握住你的頸。

註二：當心被鬼拉你上床。

遇鬼灑錢 之一

各位看官哥哥姐姐，故老相傳，七月固然是陰盛而陽衰，但太平日子裏的靈界有情，大抵仍是和和氣氣，比諸只曉爭名奪利，連浪漫情懷都可用銀兩包裝出來的陽間人，無疑好得多了，吾友蒲松齡輪迴再生，相信還在尋尋覓覓，昔日有情有義的聶小倩和狐狸精，只怕已經是陳酒變味，正是，當年冰肌雪膚花容，今日寸金只買得盈尺風月，他媽的，可嘆可嘆！

在亂世中的農曆七月，大戰中屠城被戮，枉死之鬼，相信特別凶猛，當年日本臭賊侵華，死的人還少得了嗎？本人看過一篇掌故文章，說這些突然橫死的七月

鬼，連十殿閻王還壓他們不住，這些充滿戾氣和怨氣的七月鬼，混集在走難的人羣中顯形露相，根本就不怕窮途末路的陽間人！

老媽有個同鄉堂姊妹，新婚不過半年就死於戰難，那年月特別是在鄉例仍然非常缺乏人性的縣市，夫死守寡，還要為家族搶得一個貞節名位。記得有年回鄉下拜山，在祠堂左右發覺有幾面四、五十年前留下來的牌坊，方橫五、六尺左右，他媽的，居然乾乾淨淨，字跡刻得清楚，是那家寡婦，姓甚名誰，何方人氏，就差沒有這位可憐姐姐的三圍數字記載。

這位同鄉新寡的姐姐也和老媽一起走難，一路上荒草山墳，枯骨爛棺，有些野狗還咬著半隻人手一截染血的頭顱爭相追逐，不要說燈暗星稀之時，就是白天也彷佛有鬼出現，何況夜晚。

她們千辛萬苦，找得到投宿的地方有一盞半明半亮的油燈，已算非常有運，還有鄉下多蚊蟲，睡床要落蚊帳，否則第二天起來，恐怕你只剩下不到五成的血，而且周身血印，大痲子還比你好看得多。

設想你深夜睡在罩了一重紗帳的床上，遠處爛枱上有盞鬼火閃閃的油燈，現下又是農曆七月鬼出門，甚麼恐怖可怕的聯想都湧上心頭，死未？

如果是我家女兒乖鼠，和她那羣鼠隊，大概即時嚇得死去活來，幾隻漂亮花鼠擁作一團，大叫耶穌基督或真神阿拉，發誓今生今世只愛一個相公之類！

良久良久，老媽告訴我那時也是和那個堂姊擁而不能入睡，又驚又冷，蚊帳似乎掩映有詭祕人影，驀然間，放在枱上的油燈好像被人撮著唇輕輕吹了一下，原本喑黃色慢慢變成一點慘綠色，彷彿登時就會熄滅，跟著一層冷風掠過。

事隔多年，老媽對我說，油燈轉得喑極那一刻，她非常清清楚楚聽見由房門跨步到她們床前的聲音，門跟床的距離頗遠，但步聲只有三下，拍，拍，拍，已經到了床口。

＊香港的少爺少姐，恐怕沒見過中國鄉下的古老大屋，我在江南一帶看過的祠堂和大宅，比澳門和香港新界僅存的大得多了，大而恐怖且有詭祕陰森的感覺，才是最攞命的地方，我的媽，給我十萬元住一晚，我也不肯，由入黑嚇到天光，有命走出來再說！

遇鬼灑錢 之二

在三、四十年代的時段，中國的民間社會，雖然沒有帝制時的御賜牌坊，但仍有濃厚的腐爛封建氣息，夫死守寡，整個夫家娘家的族人都全力阻止寡婦不再嫁出去，年輕的寡婦，要守一輩子的生寡，無情無慾過一生，其寂寞悲涼可想而知。

說回來，我家老媽當年和堂姊走難，在投宿的祠堂，半眠半醒，又怕又冷，夜中突然清清楚楚聽到三聲步響，油燈的光線變成慘綠色，床前好像有個極朦朧的身影，她整個人登時落在一團很難形容的氣氛中。

其實沒有遇鬼經驗的朋友，永遠不會知道恐懼到了

極點的感覺，近幾年電視臺不斷有講鬼講怪的節目，有法師，又有觀眾自身的經驗，又派隊去猛鬼的地方名為探訪，實則搞鬼，何曾攝過一兩張真有鬼貌的照片回來，這些八、九成吹牛的節目，偏偏就有不少的擁簇觀眾，足見千百年來的民間心態，對靈界動靜，又怕又愛，但遇鬼的人永遠比不上聽鬼的人多，朋友所講的猛鬼，九成是道聽途說，真正有幸與鬼同場的感覺，不是這樣的！

老媽那時根本無法彈動，她對我說，她和堂姊兩個人，只能眼看著蚊帳慢慢昇起，反而堂姊有反應，想也不想，就在床頭拿起一罐銅錢，迎頭向黑影灑了過去！

說起銅錢，老人家常說，古舊的銅錢可以治邪，於是東兩隻牛角髻的小馬騮，在會走會跳之前，長輩揀個良辰吉日，珍而重之，給他一條穿著銅錢的頸鍊，我也有這樣的一條。

堂姊的一罐銅錢，是守寡後，丈夫的母親給她的，曾經捱過情慾煎熬，守足大半生寡的奶奶說，守寡的晚上是很難熬呀，到了真的無法忍受，要爆炸的時候，就把這罐銅錢往地下一灑，然後把二、三百個銅錢一個一個撿拾起來，到全部拾回來之後，可能就失去了情慾之念，想落很有道理，不要是女人，四、五十歲的男人，一罐錢幣散在地上，要逐一拾起，之後恐怕要馬上上床睡覺，有隻性感的狐狸坐在床上，也照樣可以入睡，話知妳。

但是堂姊一罐銅錢灑向黑影之後，不約而同聽到不

是人叫的聲音，跟著這個黑影就跪在地上，隱約地，老媽和堂姊聽到一把男性哀怨的聲音，請求她們把沾在他身上的銅錢，逐枚逐枚地拿下來。

各位看官哥哥姐姐，如果你是她們，你會怎樣做？

遇鬼灑錢 之三

亂世時遇鬼，誰個遭遇慘些？

可以肯定，現在香港和澳門，連燒街衣的節日都缺乏舊時景象了。

有些長輩說得煞有介事，形容游離飄盪的靈界來客，都是蓬頭垢面，乞討無門，嗚嗚嗚，慘啦！

遇到這些得個講字的貓鬚炳一族，說得過分，大哥我一句頂將過去，說：他媽的，胡說九道十道，我的已故弟妹，告訴我，下面城市比陽間現代化得多了，已經有太空的士站，可以飛天遁地的列車，上面燒街衣的東西，也全部捐去了慈善機構啦。

有朋友問起，究竟事實是否真有地獄冥府，十殿閻王？

讀經的朋友自然讀過《地藏本願經》，第一章就提及無間地獄，以及佛家的唯識有宗，認為有情的心力，大到可以形成山川河嶽，星宿萬物，皆心識所變，所以創造出一個地獄世界，又有何難？只怕現在下面世間，比我們更先進熱鬧，他媽的，有些大哥我燒衣給自己朋友時，甚麼名牌手機，獨立屋加性感模特兒，分分鐘下面的大爺笑到肚痛，上頭人間真是鄉下佬的世界！

說回到四十年代，老媽走難，堂姊遇鬼，一罐銅錢灑過去，黏在不知是真是假的鬼身上，到底老媽和堂姊有沒有大著膽子，替這位落難之鬼撿去身上的銅錢？

這裏賣個關子，讓各位哥哥姐姐，自己想像一下，如果發生在你們身上，你會如何是好？

天涯淪落的人與鬼，在亂世中都同樣可憐，不救的話，陽光一露，登時灰飛煙滅。

有句名言是：講見鬼的人太多，幾乎你周圍的朋友的其他朋友，個個說得似層層，但勸你千萬不要捉蟲，學某電視臺的鬼怪節目，聯羣結隊去人家的山寨玩家家酒，我的常識經驗，是人世陰間，生死重疊，各有空間，彼此尊重而已！

賽西湖

香港也有個西湖？

當然不是，五、六十年前，北角和鰂魚涌附近，還是山野地方，也不算荒涼恐怖，只在途徑處處小林遍樹，山澗常隨足展。

賽西湖，不過是在北角山頂區，有個人做的小型水塘，連景點都不是。

以為水坑裏安全嗎？

我看未必，因為時有小童在山澗遇溺的新聞。

小學雞時，家就在所謂西湖的腳下，一向只知道山上有很多儲水面積頗大的山坑，十五、六公尺左右，可以浮浮沉沉。

那些年的夏天，雖沒有現時七、八月又濕又熱，但浸他媽的大半日也很涼快，總比老媽趕去沖涼好得多了！

那年也是七月的十三、四，暑假旺馬騮，可以隨山隨樹結緣摘果果，我們五、六隻同聲同氣，一棵樹就是一個山寨的馬騮，又往山澗浸泡泡浴啦。

嘻嘻哈哈，兩個時辰過去，黃昏下得山來，才發覺少了一隻綽號金絲貓的猴子，各位不要以為金絲貓是外國鬼妹，其實是夏天隨山可捉的小小蚱蜢類動物。

雖然我們年紀少，卻很有點江湖義氣，馬上回山找尋，終於在浸浴的山澗旁邊找到這頭肥屍大隻的金絲貓，塞滿了一嘴裏面有些毛毛蟲的泥巴，好在人仍然是

活的，出盡八寶弄醒了他，一問，嚇得死人。

他說，浸在水裏的時候，有個好像熟口熟面，但又不記得姓名的朋友請他吃東西，炒麵炒粉，揚州炒飯加十六個叉燒包之類，甜品砵仔糕，糖不甩和紅豆沙，吃了一會想起要回家啦，那個朋友抓著他的腳，就這樣扯來扯去，突然有把聲音說，讓他走吧，等下次來再算！

我們再看看他的足踝，清清楚楚有兩隻小小的手印，當下七手八腳，半拉半抬，把他弄回家中，六、七隻馬騮，隻隻跌得面腫眼瘀，大家發個毒誓，永遠不帶這隻金絲貓上山！他自甘送死是他的事，起碼和我們這羣馬騮無關！

好在第二年賽西湖開始填地，逐漸變成寶馬山，那時我們上山下山，爬水管，採山棯，剝光豬游泳的情景，記憶仿如昨日，而且經常變成出沒纏繞的夢境，到今時今日，仍未終止！

最奇的不是有沒有水鬼，而是隨我們通山跑的，還有一個小肥妹頭，跟大哥我很投緣，十四、五歲，白白淨淨，肉多骨少，我們游泳脫得乾乾淨淨，她也一樣脫得徹底，但那時大哥我居然連小小的色心都沒有，果真稀奇古怪。

蘭桂坊之怪遇

七十年代本人恰遇緣起，入了電視圈，官拜高級編劇。

各位不要以為編劇和文學作家、詩人，都是一脈相承。

錯了，是兩碼子的事，等於佛家所講的中陰身，和輪迴中的鬼道，也是不同的範疇，中陰身是轉世的過渡期。

鬼道是陰冥人間，屬於酆都統治下的城市，不過一樣可以有修行空間，修得好，大概上昇到另一維度也沒有問題。

這段時間，有個有幾分梁朝偉縮影的助導朋友，那時期的武俠小說《鹿鼎記》，火紅得很，同一間電視臺，居然拍了一次又一次，偏偏前後兩次，他都是人稱孤兒仔的助理編導，於是人人叫他作小桂子。

他也很相信命相之說，告訴我，早些時有個相師朋友說他農曆七月應有一劫，他問我如何是好？

我說：應該無事。

因為這位小桂子哥哥，除了口花花，實在大好人一個，而且臉無大劫之兆，有禍亦死不了。

過了一星期左右，他突然問我，是不是氣色很差？我說沒有問題呀，他依然唇紅齒白，似隻燒烤得恰到火候的全羊，我說搞甚麼鬼？於是他告訴我最近在蘭桂坊一件遭遇！

農曆七月初，小桂子跟大隊上蘭桂坊夜蒲，飲到舌頭大過豬頭之際，入洗手間狂嘔，出來時彷彿和一個有幾分像劉心悠的狐狸打個照面，一笑，這小子的舌頭又大起來，說：要跟我到別的地方再喝嗎？

狐狸說：好呀，去那裏？

也是這小子恰該應劫，他說，來我家啦。

之後迷迷茫茫，他自己坐計程車回家，自己上床，酒醉四分醒，旁邊好像多了件物體，又覺得凍得出奇，自然而然地轉身就抱過去，又覺得並非同性，乖乖，可能是兜回來的一夜情亦未可定，他媽的，死就死，於是胡天胡帝，到得天光，原來是夢！

夢有如此真實嗎？似層層，有手感，口感，甚麼感都齊全，一連幾日，都如是夢，如是感，但未盡是男歡女愛，有時吹吹水，講講流行音樂，歌劇芭蕾舞，倒也不像某些港產鬼電影，把男的吸盡陽氣，死得不能再死！

這小子問我該甚麼辦？

我看他氣色不錯呀，只是面青青，無事也會。

電影電視臺拍五花八門的劇集，特別是鬼鬼怪怪內容，一定有顧問，當然是法家或道家的高手，現實中，有人碰鬼遇鬼，他媽的，先趕後捕可也。

我說，如果不想找道家師父的話，很簡單，送你一盒佛經音樂，睡前播到天明，包掂，非佛經或佛力，而是對方知道你的心意，所以必走，靈異來客也儘多好人，不要信三姑六婆或狗賊法海禿驢的妖異陰謀論！

果不其然，又過兩個星期，這個朋友打電話給我，說他的陰間女朋友昨天不辭而別，沒說再見，也沒有留

下半根頭髮，沒有割下小桂子身上任何部分！走得乾乾脆脆。

各位大哥想要有這樣一個女朋友嗎？提醒你，很快就是農曆七月！

＊告訴各位，這類迷離的夢，大哥我也曾經有過，胡天胡帝，執手深談，有實質嗎？有些是夢中還真，踢到石頭不是草，路邊的野花有輪有廓，一呀摸二呀摸，三摸摸到狐狸的尾巴上，是真正的手感。

真正的碰鬼經驗

各位想見鬼，對鬼又恨的看官，認為這羣另一空間的哥哥姐姐，是實體？抑是如夢似幻，一種無以名之的感覺？

大哥我認為兩種狀態，都有可能，既是實體，又是虛體！

十三、四歲，那時小弟我是做牛王頭，一支竹桿打遍屋邨無敵手的時候，有晚半夜三、四鐘左右，我家小弟老三在上格床，老大我在下格，半睡半醒，覺得有人站在床口，當下以為老三爬下來往洗手間，他媽的，又久久不行開，於是張開眼看看，怪事來啦，眼睛無法張

得全開，是半惺半忪，全身彷彿被一種驚悸的感覺蓋住，床口明明站著一個穿軍服的實體，但無法看得見他的面貌，就這樣，總有五、六分鐘的時間，直至自己迷糊到了極點為止！

時至今日，可以告訴大家，這是我一生最恐懼的經驗，而且是真有實體的！

在現實中，一個聰明到把讀了一次的書，可以一字不錯地背誦出來的普通人，你認為有可能嗎？

告訴你，真有此人，真的假不了，只不過是稍稍不如《射雕英雄傳》裏，東邪黃藥師的娘子不能把一本厚書快看一兩次，就可以默寫出來。

把一本小說放在面前，一個尖利的錐子插下去，插到多厚，第幾頁，他只要看一次，就可以唸出來。

這位老兄是我的親表哥，一生沒甚麼大起伏，也不是甚麼才子名作家，尋常百姓一個。

那年因病逝世的時候，是中國人做冬前後，大哥我和他感情很好，他在澳門街某戲院做司理的期間，本人那時也是半個澳門人，晚飯過後，功課做完，經常往他戲院看大戲，那間是專門上演粵劇的劇場，頂尖排頭的戲班子，都在這裏排日上演，甚麼芳豔芬、麥炳榮、歐陽儉、梁醒波、何非凡，等等的大老倌，首本招牌戲目，大哥我熟得不能再熟了！

老澳門人一定知道，這間是清平戲院。

表哥走了不過三、四個月，有個熟人寫信給老爹，說是春節初七、八，在老爹的老鄉遇見他，而且是一團人遊山玩水，還離遠打了個招呼，錯不了，只是穿一身

怪怪的衣服！這封信我也看過！
有可能是陽間人嗎？
他的葬禮，我們一家人都跟到足。

很多事無法用常理解釋，戲如人生或人生如戲嗎？都錯啦，人生所有的虛實幻象、際遇，本就沒有推理，邏輯，生滅可言！
各位認為對嗎？

傳統說錯了的二三事

1.絕沒有捉鬼或作法消滅這回事。

凡是有情，必有自己的業力，業力是隨身的，一旦你大哥大姐或朋友親人，遇上緣起而碰上這些陰世有情，糾纏不清，解脫最好的方法是超渡，找個高手和對方講講數，九成可以化解！

甚至找間不是胡搞的佛堂，告訴主持者來龍去脈，其中一邊人有名有姓，一份黃紙，也可以消災解難。

2.遇到靈界朋友，也是一個緣分，亦不一定是惡緣，本人有兩三個好友交上靈界來客，一直保持長期的友誼關係，一直相安無事，也沒有甚麼吸陽耗身的情

況，本人也有過同類經驗。

緣盡即散，一朝惆悵，概無點滴記憶，何必把手問青天。

3.以前認為他們並無實體，但不排除在某種情形下，例如在迷茫或睡夢之中，可能感覺是實體的，有痛或觸摸到的意識！

因為幾十年來，舊夢也彌新，有時候真的是有實體，甚至觸到對方的皮膚，不見得完全是錯覺。

4.很多部派中人稱之為因果？

本人在研讀中觀之後，才知道因果提及所謂報應，必然是雙向的，兩方各有各的條件和心態環境，在契合之下才會產生效果，所以不一定因此花得此果！

簡單的例子，上一代的因若延至下一代，那麼是父系還是母系帶下來的因果？是三世抑是幾世？一延伸開去，他媽的，可能是幾十世。

佛家講三世不過是方便說法。

5.帶了佛像或法器可保無事？錯啦，心外求法，永遠靠不住。

每個人每一日每一時辰的生理心理狀態都在虛、實之間，有些大哥在覺得心虛之時飲幾杯以為能夠壯膽，錯啦，亢奮之後，分分鐘有板撞到正。

所以農曆七月，各位哥哥姐姐最好少去蘭桂坊蒲夜，而且那裏是大斜路，一斜三陰，你想清楚才好去。

我和黛玉的一段情

之一

但凡喜歡挑燈練膽特別是妹妹輩，恭喜恭喜，她們的相公真是幾生修到，老來你老兄坐上輪椅之日，乃不愁無人遞茶，真有百依百順的娘子在身邊，蓋這是因果論，不可不信。

有妹妹問，見鬼是自己的時辰八字屬陰，抑或是時運不濟而招來的嗎？有陰陽眼這回事嗎？

釋迦老師一早說過：神有，鬼有，仙有，佛有，可見這些玄黃之談，確非吹牛，而且猝死之人，等於不知在人間何世之鬼，吾友佛洛伊德大爺，說這是不甘心的心理，有何怪哉？

常有寃鬼看上了一頭千秋萬載無法忘記的狐狸，話知妳名花早已插在豬頭上，他媽的，上天下地，做鬼也要寃到手，這種事聽得多，到頭來，通常是找來不知是道家，還是佛家的高手，張天師不成，找他的契爺李耳，文殊地利菩薩沒有辦法嗎？找他的小三，王母娘娘的姨媽的契女，諸如此類，四四六六，分贓均勻，阿彌陀佛，從此相安無事。

大哥我本身就有一件公案。

在大學時期，一朵瘦花，高俏妙麗一級無肉的排骨姐姐，上課時帶個像花籃的大袋，差在一把花鋤在手，就是一個葬花的黛玉妹妹，他媽的，大哥我雖然喜歡吃

豉椒排骨炒河，但在床上攬之無味，尤其最怕愛哭的女孩，所以始終是狐狸有心，獵人無夢，她經常看我在中國學生週報的詩，而且一讀就哭，乖乖，總之飲茶可以，電影無論是恐怖，言情，慘情，三仔四仔決不可，無需給個藉口，讓黛玉姐姐乘機埋身，分分鐘千年道行一朝喪，變了候葬的小喇叭花，擺明車馬，只能做哥哥不做寶哥哥。

不過她終於找到她的寶哥哥，而且是她老媽替她找的，這位妹妹是閩南人，那年代，福建人父母之命大如喜馬拉豬山，一句定終身。

出嫁前兩日，黛玉姐姐找大哥我講講心中之情，反正是上轎在即，本人又不是梁山伯，最多是古惑的狼，這等趁火打劫的浪漫一刻，義不容辭，燒賣就燒賣，扣肉吃得多，來一碟生炒排骨也不壞。

只是這次敘面，這個妹妹講出一段迷離古怪的故事，不容大哥我不信。

我和黛玉的一段情 之二

大哥我和黛玉姐姐，難得找個公開而幽雅的酒店閣樓茶座，聽她訴訴嫁前心事，當然約我私奔或同死是不會的，他媽的，英台妹妹都服從父母之命，何況黛玉姐姐。

這個單親妹妹的老媽是教書先生，不大相信鬼神輪迴之說，到了黛玉妹妹出生的同年，老爹意外拜拜，頭七過後，老媽在夢中遇見死鬼相公，身光頸靚，同行還有一個豬仔包的年輕人，最搞笑的是相公說是將來的女婿，老媽醒來自然一笑置之。

黛玉妹妹出生後，老媽經常在四、五更時分似夢似夢，總覺得有人在黛玉BB的搖籃床邊，而且搖籃無風自動，有時老媽半夜口乾，起身斟茶，床頭櫃頂就有杯暖暖的茶水，初時還以為自己善忘，早放了在櫃頂，即使有時轉身踢被，也感覺有人照顧，他媽的，比死鬼相公生前更好。

一年過去，有晚曙光前左右，老媽朦朧中看見當日老爹帶來的豬仔包向她叩頭，恭恭敬敬叫了她一聲岳母，她親手扶他起來，走了，忽忽忙忙，居然瞥見他右手的尾指很長，過了三關。

自此無事發生，一直到黛玉姐姐進了大學，老媽的麻雀腳又介紹另一隻同鄉的麻雀腳，他媽的，通常麻雀

友八婆遇八孀，大生地煲豬蹄，越飲越出味，之後姊妹相稱，指腹為婚，打麻將時放給妳幾章，大四喜呀，十三么呀，算是將來的喜事訂金又如何。

合該緣起，有次到同鄉麻雀腳家中開枱，遇見放學回家的兒子，名校男生，瘦版畢彼特，很奇怪，一看到黛至老媽就笑，笑得老媽心猿意馬，當然不盡是芳心動，而是有相熟感，自此，常常拉齊人馬，找藉口都要去同鄉的麻雀平台，打他媽的六十四圈。

我和黛玉的一段情　完結

黛玉姐姐的老媽，一次打麻雀的緣起，終於遇見了在夢中叫她岳母，受過他一跪一拜，由豬仔包變成的畢彼特，她事後告訴黛玉姐姐，第一眼看見他就知道，這個就是黛玉的相公，雖然身型和面貌都不似在夢中，那個賊笑兮兮的傻小子，也就是相公頭七入夢時帶回來的女婿。

自此之後，麻雀打得更火辣，左八圈右八圈，摸足十六圈，何家八婆何家輸，輸輸贏贏，往後都變成鐵腳。

良久良久，少不免經常你家過我家，煲煲大生地瘦

肉湯，肉骨茶，間中湯他媽的陰功，黛玉姐姐也經常和他吹吹水，只覺得這條名校排骨小生，雖然沒有寫現代詩的才華，但一定有搵大錢的門路。

更奇怪的是，他告訴她，在黛玉ＢＢ時期，就搖過她的ＢＢ床，看過她尿床的樣子，黛玉姐姐當然認為他講笑。

直到有日十二圈休息時間，坐在老媽下家的光蘇餅六姑娘發口痕，說：不如由鐵腳變成親家啦。

老媽剛剛和了清一色萬子，之前大四喜，十三么，中發白自摸單吊，惡過女媧娘娘，早已把死鬼相公忘記得乾乾淨淨，一時口快說：好呀，他肯娶，我的女兒也肯嫁。

馬上畢彼特哥哥由房間，一隻飛毛腿飛彈彈出來，大叫：我娶。

老媽乘機看看他的手掌，兩隻尾指真是在無名指的第一節之上，過了三關。

就是如此成了好事，他媽的，黛玉姐姐只讀了一年大學，畢彼特中學畢業立即做新郎哥，兩家人都是印尼華僑，那年代印尼華僑，平均惡過李超人，我的印尼來的幾個同學，每月零用錢是千元以上，五十年代，一個政府三級公務員的月薪是四百零五元。

奇怪的是，大哥我在她們婚後也見過幾次面，她相公仍然不是豬仔包，最多是一條法包。

不瞞各位，其實大哥我一額汗，那次婚前下午茶，黛玉姐姐沒有看清楚我的手掌，因為我也是尾指過三關，長過無名指第一節，而且未進入運動員的操水時期，橫看掂看，都是一件滿肚奶油忌廉的豬仔包，否則她一口咬定大哥我，看過她全身的排骨，非我不嫁，他媽的，那是比犯了國安法更嚴重的大事。

*順帶告訴各位妹妹，大哥我很多這類見聞遭遇，九成九九九九都是真的，但都不恐怖，也許我雖然古靈精怪，間中立心不良，喜歡不說真話，打打斧頭，行俠盜名，仗義不足，被兜率天名校記了大過，踢出校門，但色膽附近的心臟還是很新鮮的，良心斤兩十足，所以和陰世的朋友也可以結個善緣。

大哥我沒有遇到過甚麼喪屍，和面目猙獰的鬼怪，我一生頗尊敬有道義的鬼神，比之枉讀詩書的有情，和他們做朋友有安全感得多了。

碟仙切不可玩

各位看官，以靈異信服的指數來說，臺灣人在亞洲認了第二，全東南亞，包括香港，只能做三、四小弟。

神神佛佛的節日週年祭，比香港多了不知多少倍，而且官行下效，甚麼政治選舉，似乎都離不開巡拜不同地方的廟宇，和裏面的神靈菩薩，拉拉手，做過好朋友，尊神重道，大哥一直認為是好事，不一定是離經叛道，因為深信鬼神報應，因果循環，起碼有把無形中的良心之鎖，民風和國格，大致上不會在軌道以外。

大哥我在臺灣公幹或旅遊，少不免看得多電視臺的靈異節目，他們講得似層層，有根有據，有些奇案發

生，馬上找到一大班通靈的法師，問米的大媽，識帶你老哥落去陰世尋花問柳的導遊，非常專業嚴謹，不是香港夜半奇談節目，那些業餘靈界導遊，常常干擾到靈界的住客，終於被發火趕人的所謂法師可比。

不過本人常常勸小妹妹們，不要玩甚麼碟仙筆仙的遊戲，因為上來跟妳玩的，都是閒閒蕩蕩的靈界來客，來路也不同，等於有情人間，階層甚多，所以請得到他們到場，要有心理準備。

我的相學老師說，人生絕離不開緣和運，匆匆幾十年無非都是陪著緣起和運轉，運轉真是極好的形容詞，層次偏低，運氣下滑，你老哥遇到碰上的，恐怕不是甚麼好東西，物與類聚，所以玩這些神鬼不分的靈異遊戲，遇上大鬼得場病，遇到小鬼沒有命，菩薩和神仙大概難以坐下來，和你班馬騮仔食個叉燒包。

有個小妹妹去年玩碟仙，一個不知是甚麼A貨神仙，跟了她回家，好在只是一隻餓鬼，纏住她日夜要食飯，結果找上找，道家的大家姐不成，要轉找家姐的大姐大大，一頭半月，相信燒了幾間酒樓，十個燒臘店給他，也好在只是餓，不是好色。

我的一個大師朋友的絕不溫馨的提示：無論是何時何地，要嚴禁這類危險遊戲，除非你有把握請他們興盡離場，同時要記得他們是聯羣結類自由行，不乏隨身大媽和靈界小蝗蟲，隨時會逼妳打足半個月臺灣牌或大陸麻雀跑馬仔，蝗蟲式跳舞遊戲，玩小飛俠、中國超人，由六十樓飛落樓下花園，諸如此類，死未？

萬一可能撞正中招，怎麼辦？找哪類高人可靠些？

第一，不要找教會的驅魔人，不是耶穌哥哥靠不住，而是驅魔人靠不住，越熟悉教會的歷史，只怕更沒有信心，十字架能驅魔嗎？

有部電影的魔鬼講得好，沒有信心的話，把當年耶穌受難的十字架放在面前，他們都未驚過。

第二，既然是大師難找，暫時又沒有捉鬼專門店，要知道鬼道有情，同樣有自己的業力，說自己會捉鬼的甚麼大師大俠，等於是老吹，遇到正正是來頭最猛的來客，能夠像一條赤裸裸的肥豬般爬出門口，已經算好運。

講到底，還是找密宗師父做談判專家吧，雖然一眾的喇嘛大哥，多數有點鬼頭鬼腦，但大哥我認為密宗的修行教制靠得住，找十個八個喇嘛，打鑼打鼓，大吹法螺，又是空行母，又是不動明王，又是忿怒金剛，黃紅黑白財神爺，他媽的，威逼利誘之下，自然走為上著。

小秦的故事 之一

君住長巷頭，妾住短里尾，無緣相見亦不識，緣訂三生幾十秋。

各位看官，澳門有兩條故舊街道，分別是陳樂里和陳樂巷，巷和里頭尾相接，接駁處有口水井，那時作為牛王頭的本人，就住在水井旁邊，巧得很，後來才知道我家娘子幼年時就住在水井的另一邊，只隔了一口井，真是有緣到了極點。

這裏一到燒街衣的時候，就似熱鬧過節多於詭異的鬼祭，我和一眾的馬騮仔年年去完東家去西家，收穫甚豐，食糖食到嘴腫，怕鬼？好難啦，閒時還想約兩三隻回來玩家家酒呢！

隔壁一家姓葉，葉大嬸是拜佛和拜神都分不開的善心人，有個智商不合格的傻小子，說他傻是因為他夠膽把上山捉來的蛇蟲鼠蟻，一把塞落口裏，五分鐘又吐出來，全香港，澳門恐怕沒人能做到，這個傻小子還是葉大叔和大嬸在觀音堂，接連叩了六、七天響頭，又是眼淚又是膝蓋跪到流不停的血，如此誠心，是因為相命師父盲公梁說，他家命中注定無兒無女，但葉大嬸死也不信，他媽的，念佛拜神幾十年，不信神佛這樣無情無義，一於死寃。

可能觀音姐姐到底心軟，唉，就送他家一個，端端

正正，大來也肥仔白白，雖然說話不大靠邊，但跟在我們後面跑跑叫叫，做一隻低能馬騮仔！

這一年葉大嬸照例燒街衣，晚上近子時左右，月黑風高，幾十年前的澳門，哪有香港七、八月熱到可以在額頭煎蛋？反為有些雨濕濕的天氣，正當一班馬騮照例起哄的時候，忙到甩辮的葉大嬸突然被她的傻小子扯扯衣角，說，有個濕透了身的姐姐想進來歇歇腳，可以嗎？大嬸遠遠斜斜一望，好像有個穿白色短衫褲的伶俐身形，樣子不清楚，自己剛剛被陣風吹起的煙灰搞得一頭煙，只說得一句，好吧，你帶姐姐回你房間歇歇。

她想得沒有錯，傻小子才七、八歲，那個濕了身的女孩起碼十五、六歲，加上一起也不會出甚麼花樣！

唉，錯啦，錯啦，錯得盡啦！

這叫作，人算十分錯一分，一分對盡百年身！

小秦的故事 之二

早幾十年的中國包括香港和澳門，尚有很多封建的條例，容許男人狗賊納妾，替小三正名的大清律例，在一九七三年左右才廢止，大哥我和其他革命的大丈夫，暗中和法會不同的政黨，一遇到空隙，馬上遞上大清律例再度通過的申請，看來這一兩年秋季復會，通過機會甚高。

蓄奴買住年妹的大戶人家，在上兩世紀是閒過立秋，老爹上一代的妹仔也是買回來的，而且境遇非人，每一次老爹和我講起他的祖家，如何刻薄和虐待妹仔，有時不趁心，常常縛起這些可憐女孩毒打，諸如此類的事蹟，本人就拍枱拍椅，老爹又如何，說如果被本少爺

看見，他媽的，來次大義滅親，嬤嬤爺爺也沒有情面可講，一樣照揍！

言歸正傳，當晚燒街衣，葉家七、八歲的傻小子，告訴他老媽，帶了個渾身濕透的女孩進房休息，葉大嬸到了第二天才記得有這回事，問起傻小子，他說那個女孩很可憐，跟他談了好久，到天亮才走！

到得第二晚，大嬸中宵起來，聽到傻小子房間有女孩的笑聲，但聲音是單調如絲，彷有回音，令人一聽就有腦後所有的毛管聳立的感覺，從門隙一望，隱約看見有個像紙公仔的女孩在跟傻小子說話，更奇怪的是，無論怎樣，都看不到女孩的面貌，只偶然看見兩隻好像懸空的小腳和一雙淺綠色的女裝鞋，大嬸知道撞邪啦，仗著拜神拜佛幾十年，多少有些膽量，而且兒子也在房內，他媽的，同妳死過，於是咳了兩聲，拍拍門就推將入去，裏面只有一個孤零零的傻小子，問，那個姐姐呢？傻小子往窗口一指，她飛走啦，大嬸一望，那窗明明還閉著，心一寒，但也不敢告訴兒子，這姐姐不是人，是鬼！

小秦的故事 之三

細時聽過很多無良少奶如何如何虐待下人的故事，有時會覺得怒髮衝冠，凡世間，本就有很多比畜生還不如的次等人種，所以每次聽到佛家大師講起輪迴的時候，總是會媽媽聲，輪迴過屁，這等人何必輪迴，豬狗都善良過他們，鬼比他們可愛得太多了！

再說葉大嬸知道自己的兒子遇鬼，為何不驚？於是好言好語，問他前晚在甚麼地方遇到這位小姑娘，他說就在巷尾的井邊，而且說看過她之前和其他的師奶八婆，她叫作小秦，一聽之下，大嬸登時記得，有個從廣州走解放的小財主婆，是這條巷惡名遠播的麻雀腳，每次開枱，總帶著個可憐兮兮十來歲的小女孩，在旁邊斟茶遞水，說是早幾年買來的湖南妹妹。我老媽也是這條巷的麻雀鐵腳，常常告訴我這個惡死的八婆，牌品極差，牌風不順時就找這個小丫頭出氣，試過用尖牙簽狂插她的手背，更離譜有次四圈不胡，竟叫她吞了兩隻麻雀，所以這個小女孩越來越像面色慘白的紙公仔！

另一個更不幸的結局篇是，有一晚財主八婆叫她買熱水和宵夜，不知如何，她回來時失腳，報銷了買回來的食物，心知後果一定奇慘，小小女孩上天無路，入地無援，回時看見黑沉沉的水井，想得開和想不開都沒分別，於是一頭就栽下去！

擺明傻小子遇到的就是變了鬼的小秦，那怎樣辦？

八婆會議的結果，是先在傻小子的房間連開幾場通宵麻雀，狂打幾晚，可能小秦就不來了，來也不怕，有

我媽槓上，因為假假地她也是老爹的將軍夫人，我老爹獅子一樣的脾氣，老媽也可以罩得住，殺氣可想而知。

於是翌晚子時開枱，初時有講有笑，天跌落頭上當戴帽子，稍後突然有雨，四位痳雀大俠齊齊覺得身上一涼，八對矇豬眼互望，看見彼此的皮膚慢慢起了雞皮，而且是火雞之皮，彷彿有陣比四匹機更寒的冷氣，從門隙一直捲到痳雀枱底，又爬到好像正在夢中和幾隻肥豬猜爛仔枚的傻小子身上，本來暗淡的痳雀燈光緩緩變成藍白色，相信四隻痳雀俠同時失禁，包括做過將軍夫人的老媽！

這叫做：鬼到來時終被嚇，怕到抽筋亦正常！

小秦的故事 之四

所謂潛龍臥虎，山林隱仕，可能就在你家租一個小小床位，或者經常在茶餐廳咬個波羅油算一餐，如此不起眼但真有功架之高人，本人也偶遇三幾個，其中之一，正正就在澳門，他不但事先算得出我家誰人有劫，逃得或否，都可以算得出來，靠撞？騙別人可以，騙我一家人，是笑話。

現在香港或外國打正旗號，甚麼活佛、寧波車、再生文殊菩薩的曾經朋友，徒眾一萬幾千，開個壇又一百幾十萬，花差花差，真的有本事嗎？唉，算啦！

言歸正傳，當晚葉大嬸和另外三隻麻雀腳，眼見窗

外一陣冷風吹入，像一層薄霧蓋上正在夢中傻小子的身，但見他慢慢下床，跪在地上，叫聲，各位師奶，明明是熟悉的女聲，本來就是小秦，四隻痲雀腳都飲過她斟的茶，當下都不知如何是好！

還是我家老媽大著膽子問：小秦，妳想怎樣？

那把女聲說：各位師奶，我想留下來。

我媽問：妳不是可以在下界等著安排輪迴嗎？

答：唉，不想做人了，做人太辛苦啦！

葉大嬸問：那妳想留在哪裏？

答：我就是想留在蝦頭身邊，他人好得很。

蝦頭就是傻小子的乳名，我們總叫他蝦糕。

問：妳想留多久？

答：能留多久就多久，放心，我不會嚇他和搞他，只想靜靜地在他身邊。

四個大嬸，四副老花眼鏡，四對豬眼睛，四個人面面相望，四個人一同做十三ㄙ，他媽的該怎樣出牌？

四個人不約而同退了出去，坐在客廳等天亮，一早再入房，傻小子睡得四平八穩，真像一磚蝦糕。

趁這個空檔，趕快找我老爹想辦法，老爹整天說他是羅漢，找個菩薩應該不難。

結果稍後一粒鐘，找到了一個仙風道骨，似神仙多過菩薩的黃師父，商量好，讓他晚上和小秦談談，把隻女鬼留在家總不是辦法。

結果當晚黃師父和小秦談了三粒鐘，回到客廳，對各位師奶說，小秦不肯離開！除非開硬功。

甚麼叫開硬功？對靈界朋友，不能找道家的法師武力清場，因為陰間有情，他們也有自己的業力，只能好

好地超渡，如果不成，出到武力去趕，後遺症誰也不知。

所謂開硬功，不如帶同資料去城隍廟告狀，好在財主婆容易找，她一定知道小秦的生辰八字。

而且小秦屬於遊魂野鬼，無主無根，城隍必受理，但是回到冥界後果如何？

據師父說，一般報了到，又有了身分的朋友，一旦獲准投胎轉世，其實是有規有矩，可以去指定的地區找對象，歸地主統領，遊魂野鬼只能打矛波，而且不可能找到好的胎門，被捉回去的逾期居留者，有家有主者還好，像小秦這類的孤寂遊魂，相信只能像納粹時期的猶太人，留在條件極差的集中營內，要轉生都不知到何年何月，真慘！

拜神拜佛的葉大嬸當然有紮實的善心，救鬼一命勝過十級浮屠，而且小秦也是熟人呀，不過留她在家在這裏，總也要有個藉口！

結局

回說葉大嬸聽了神仙黃師父的說話，幾隻跛了腳的麻雀大嬸也說不出甚麼辦法，茶過三巡，食人肉都冇味之際，黃師父終於開腔，說，這樣吧，我這裡有個辦法，妳們看看成不成？

師父的建議是，小秦其實也很可憐，倒不如讓她有個名分，跟傻小子來次冥婚，正式做場陰陽喜戲，立個神主牌在蝦頭房間一角，又不占地方，到了明年農曆七月鬼門關上之前，稟告城隍老爺一聲，風光地送她回去，這次有家有主，投胎轉世出師有名，也算一場功德，眾人一聽，都說使得，大嬸嘆了口氣說，只好如此！

後來過程是，先跟財主婆買斷小秦的賣身契，讓她有個自由的身分再出嫁，他媽的，財主婆本來要一千元才肯把小秦的賣身契拿出來，還是我家老媽有種，對她說，好呀，讓小秦晚上跟她談價錢好了，要不然，人仍然是她的妹仔，以後晚晚跟著她好了，一嚇之下，財主婆連價也不敢講，乖乖地把小秦的賣身契交給葉大嬸。

最後當然是鬼婚真做，還在葉家擺了兩圍酒席，我和一班小牛王還有去敲敲鼓邊，咬幾件炸子雞，至於作為小新郎的蝦頭，一直都以為和大伙玩家家酒！

到得翌年七月中，也是由黃師父做總策劃兼指揮，順利送小秦回鬼門關，據說一年來太平無事，一班麻雀女俠依然每晚開枱二十四圈，只是從此缺了個財主婆！

之後我們常問傻小子晚上有甚麼事發生？這隻蝦頭

總是一直紅面不答，不答就算，反正一人一鬼，玩不出甚麼花樣，這是傻小子，要嚇死他也不容易！

如是過了一兩年，他有次倒過頭問我，若果真有一個像紙公仔又漂亮乖巧的女孩，你要是不要？

我說，好呀，真有這樣一個像紙公仔的靚女，我一定要！

事過幾十年，本人真遇見一個跟紙公仔似得離奇的女孩，而且也很談得來，頗有面緣和朋友緣，我常想，他媽的，莫非中了口卦？

各位看官有意思，我介紹她給你好嗎？

＊像紙公仔的女孩真有其人，也頗為漂亮，你老哥幾時有空？和我飲茶，我帶你去看看。

一個似曾恐怖的回憶 之一

說起因果，如果依佛家中觀行人的說法，要比傳統的報應複雜得多了，豈能像電影電視和坊間那種加加減減式的因果？

表面上絲毫不爽，而且並無邏輯可言，千百年來，因陋習殘規而誤死的人，如果是在那個年代該死，在現在看來是枉死，你認為是冤還是不冤？只要各位哥哥姐姐揭開歷史，打開報章，因果報應，該由哪年哪朝代算起？真是滿紙眼淚，一大堆虛虛實實，分不清人間天上抑或陰世的混帳因果。

大學時期稍後，我仍然在運動員和壞鬼詩人的歲

月，他媽的，入水能游出水能寫，比諸李白和白居易，甚至有些殘疫的拜倫哥哥，當然好得多了！

那時本人每星期起碼有三、四天在泳棚練水，還記得香港當年有三大泳棚，荔枝角、香港筲箕灣的亞公岩、西環金銀貿易場。

我當年是東方泳會的泳手，練水是在荔枝角，也是年中無休，冬天六、七度，冷到全身痲痺，也照常下水，海水能見度不高，也沒有今時今日，可以戴泳鏡比賽和練水的習慣，黃昏練到入夜，當年年輕，上落泰山東海，也不外小事一件，而且游夜水的膽量，也不是一般人可以有的，所以有理由牙擦擦！

每年的游泳公開賽是在九月舉行，所以農曆七月，話知你陸上有鬼，水底也有鬼，為甚麼要怕？

練得更勤力！雖然三大泳棚，傳說最猛料的一個，就是荔枝角！

而且六十年代，香港夏天比現在熱如煎魚的七、八月涼快多了。

記得很清楚，那次一跳進水裏，覺得彷彿水溫特別寒，也記得是星期四，農曆七月十八日，那些靈界阿哥阿姐不知回去沒有？游慣夜水的朋友一定知道，很多平時沒有的恐懼感會突如其來，好在那時不只我一人在練水，僅限於驚，但不信會死，還可以浸在水裏兩三小時，我想。

游了十個八個來回，他媽的，怎麼越游越冷，越游

越慢，好像有人輕輕捉住我的足踝，但不像有惡意，初時以為隊友在後面開玩笑，回頭望望，沒有呀，不理，繼續划水，突然聽到有陣嘆氣和說話的聲音，很遙遠，但頗清晰，好像在說……小哥……小哥……

一個似曾恐怖的回憶 之二

相學老師說，世間事，包括來看相算命的客人，跟占卜者有緣的話，算起來也特別靈驗，所以你老兄和哪一位靈界哥哥姐姐撞到正，也算是有緣有分，不一定是惡緣，也可以是善緣呀。

總之，作為人間有情要時常存一顆喜悅的善心！

那天那次在荔枝角練水，七、八月的黃昏，海水涼透透，我聽到那一把略帶淒苦的女聲，小哥……小哥……彷彿是隨著流動的海草走入我的腦子裏的，但奇怪得很，當下也沒有半點恐懼的感覺，同時也證實一個不可思議的說法，是在某種情形之下，真可以利用腦電

波來傳達訊息的，這種離奇的傳話方式，在我大半生的經歷中出現過三次，這是第一次，而三次的先決條件，都是要由對方先行開始，作為起頭的引子，如果反過來是行不通的。

更奇怪的是，當下自自然然在意識中就會回答，為甚麼要找我？她說，你可幫幫我們嗎？我們困在這裏出不來。

我說，怎樣幫妳？她說，可以呀，你給我們唸唸六字〈大明咒〉吧，唸四十九遍就可以了。

我一想，那容易得很，觀音姐姐的六字〈大明咒〉，本人一早已經唸得和麥當奴的術語，漢堡牛肉夾青瓜差不多同樣滾瓜爛熟，順口就唸出來，她說，你唸得不對，發音錯了！

我說，那怎麼辦？她說，找個人教你吧，你可以再來嗎？

我想，除非以後不游公開賽，當然再來。她說，好吧，我們等你！我說，為甚麼是我？她說，我看過你的手掌，你是我們要找的人！

我的手掌有甚麼？只有在左右手掌掌心，有兩個清得不能再清的十字。

同時敬告各位信佛的哥哥姐姐，凡經必有咒，但不要依表面的譯音亂唸，唸錯字音的經咒，等於打錯號碼的手機，菩薩會聽到嗎？

最普遍者如〈大悲咒〉，〈心經〉中的心咒，觀音姐姐的六字大明咒，唸錯者十之八九，即使是大師級亦不例外。

問題是，怎樣才找到正確地讀出咒音的高人？

＊結果是：本人一直找不到有大師級的高手，傳授可靠的咒音，一直到南老師的時期，可惜八十年代，幾乎所有泳柵已關閉，早開始泳池年代。

而且自從那次之後，雖然大哥仍然有在泳柵操水，但已經聽不到她的聲音。

可能她也知道，修行人雖多，但門門皆難，能找得到一條正路而入，何況是失傳了幾千年的咒音。

迷離篇

香港淺水灣余東璇別墅

有個妹妹問我，在淺水灣那座古堡，有遇過稀奇古怪的事件嗎？

沒有，除了氣氛恐怖，其實是自己嚇自己，真正在裏面操水和教水的時期，倒沒有接觸過靈異事件，大哥我可以開誠布公，問心無愧地說：雖然外人言之鑿鑿，但幾年暑假夏日，大部分下午到入暮，都在林蔭鬱鬱的泳池範圍度過，暮前陰晦不明，卻從未碰過任何靈界來客。

六十年代的游泳老師是陳震南，跟他做個助手教教水，像條只會咬人的小殺人鯨，倒也不錯，那些年暑

假，只去淺水灣兩個私人泳池，在南灣和中灣之間，馮先生的泳池去得最多。

另外一個是余東璇別墅，在香港，名氣大得很，每年暑假，難得進去三、四次，但每次印象深刻，後來在電臺寫夜半奇談式的劇本，一想起這座大而沒有陽光陽氣的古堡，自然就有這種創作氣氛。

鬼氣陰森的地方，不是殘舊凋零，黯黑無人，冷風陣陣之類就會嚇死人，而是午間陽光似有似無，黃昏日悶，有種冷入骨髓，像個無形無相的物體跟在你的身邊，怕不怕？

他媽的，每次教水後，六、七時左右，比得上鄧苟克大撤退，一百公尺七秒七，不是跟死神說拜拜，是跟隱隱約約的婆娘打個招呼，千萬不要看中了我，我不是鮮肉，是曬焦了的燒肉，拜託。

雖然如此，到底沒有出過太心寒的糗事，不過如果是要來這裡教夜水，十萬元一個鐘也不要預約我。

大哥我一生看電影無數，尤其愛看恐怖片，當然帶隻小狐狸是必須的，看到中途就變成可憐可冂的嫩羊，乖乖。

惟有一部電影，沒有甚麼驚叫，鬼怪出沒的場面，但大哥我心膽俱寒，那時利舞臺戲院還存在，坐在三樓高層，一直唸了幾百句觀音姐姐的〈大明咒〉。

這部電影也是圍繞一座，比吸血殭屍老爺的大屋更

心寒的古堡，恐怖的不是可以看到靈界的來客，而是根本沒真正出現過任何的形體，隱隱約約，冷風冷雨，野草飄萋，各位老兄妹妹，有膽一個人，在自己的客廳或房間，乖乖看完這部電影，以後還敢關燈獨睡，我切。

這部電影是：《古堡魅影》。

女主角是狄波拉嘉。

片中的古堡，真像淺水灣這座大屋。

天降異象

本人的中小學牛王頭時期，做過虔誠教徒，官拜團契團長，新約舊約念得甚熟，分分鐘熟過耶穌先生幾個弟子。

所以摩西大哥的事蹟怎會不知，不過幾十年來，好朋友的圈子多了些外星人，若干菩薩和物理學家之後，對摩西和〈十誡〉，特別是紅海分開，之前的逾越節來源，難免有多個版本的猜估！

第一個當然照足聖經版本，摩西先生是耶和華上帝的代言人兼特遣欽差大爺，有如此硬淨的後臺，甚麼神

蹟都可以發生。

第二個是外星人版本，希伯萊人早在幾十億年前，可能已經和外星人打上關係，或者大家做過親家，否則後世很多特別聰明、偉大的人物，都是希伯萊人，包括愛因斯坦先生、愛迪生先生，和搞得天下大亂的馬克思先生。所以由摩西在西乃山看見耶和華那一刻開始，完全是科幻電影場面，聖經上也記載，上帝出現之時，又煙又火，聲音似滾雷，既要摩西搜集黃金和羊皮，他媽的，耶和華先生那邊要黃金做甚麼？

之後在埃及的異象神蹟，當然是科技比地球先進幾萬倍的外星產品，有啥稀奇！

第三個是天文學家的版本，在一九二八年，蘇聯科學和天文學家，發現在一三〇〇年前，地球的軸心有傾斜過的現象，剛好就在摩西先生出埃及那段時期，所以一切天災和紅海分開，可能是地球的突變和其他星體互相牽引下的變異，是否外星大爺的傑作，卻不得而知。

美國科學家的天體傾斜論，確有其事，但地球的變位，是否可以影響到紅海有計畫地分開，除非摩西先生帶給埃及法老的幾個警告，都是聖經作家的神來之筆，否則又難以說得通紅海分開，是單一事件。

順便一提的是，不要以為美國科學家最勁，錯啦，最勁的科學家是蘇聯佬，上世紀西伯利亞通古斯大爆炸，幾乎所有西方科學家都認為是隕星撞擊下的森林大災難，惟有蘇聯科學家肯定是外星太空船的航道發生錯誤，產生核子爆炸的結果，而且是最符合事實的推論。

地軸傾斜，引致紅海分裂。

另一個通古斯大爆炸，源於外星來客的飛航故障。

這兩個由美國和蘇聯科學家的推論，大哥我都看得很詳細，要我站邊靠？

本人靠邊蘇聯科學家，證據確鑿，碎片砂粒俱全，但很奇怪西方的科學家，死口咬實另一些說不服人理由，衰過整天說謊話的美國太空總署（NASA）。

各位有興趣，請查看《讀者文摘》中的書摘，題目就是：西伯利亞大爆炸。

因為由隕石撞擊下引起的後遺症，包括野生動物的炙傷，中心點的林木向外扇狀的散開形狀，和二次世界大戰，原子彈在廣島長崎爆炸時，何其相似，在現場亦找不到隕石的碎片，最荒謬的推論，是這顆類似小行星的隕石，撞擊後，穿過地心，在另一面呼嘯而去。

大哥我向來把這類半神蹟的事件，歸納為靈異空間，既屬維度空間，自然可以用層次較高的說法解釋，包括靈魂的來去。

一個教授朋友，又是虔誠的教徒，知道我一向喜歡用逆思維看宇宙現象，叫本人讀他們的禁書《以諾書》，其實等於中國的《山海經》，但是很有系統地解釋天馬行空的宇宙靈異系列。

非常同意釋迦老師的說法：神有，佛有，鬼有，魔有，仙有，正眼看一切超自然事件，其實才是最科學的看法。

真有降頭嗎？

各位兄弟妹妹，雖然當年孔老二罵過他的弟子，這類古靈精怪，涉及鬼神的事件，他媽的，作為我的弟子，不可以亂說。

但鬼怪狐祟，直到今天，信者多，迷信者亦多，大哥我長年在東南亞國家打家劫舍，大塊肉大樽酒，上枱秤金，下枱秤頭，偏偏泰國是其中一個最多降頭傳說的地方，另外一個是馬來西亞，其次是雲滇。總之，東南亞有人的地方，就是江湖，有江有湖的地方，就多這類傳說，加上壞鬼書生，擅寫謊言的作家編劇之筆，恐怖加十九，如此而已。

始終認為降頭實有，但遇到有人落你老兄降頭，除非你黑過芝麻之糊，或玩到對方太盡，否則沒有降頭師父肯替人隨便落降，不是金錢問題，而是解降的時間性，連降頭師亦難以控制，其實落降，即是落蠱，蠱是培養出來的細菌，在受降者面前輕輕一彈，已經領到正一正。

早年初駐曼谷，以大哥我馬騮王的性情，知道有降頭，但未清楚個死字點寫之時，首先捉住資深的僑領老友，問一個最貼身恐懼的問題，是：大哥，是不是有種名之為：情降的降頭？

他老兄答：放一萬個心，只要你大哥不是搞得人家一屍四命，家敗人亡，又不是人見人愛的情種俊男。

而且，當今之泰國，即使是真真正正的狐狸出山，百分之百是求財，不求情愛，何苦落這種降頭？

被人落降的人，兩個字：抵死。

早年我公司的項目經理，英國人，也是我的好朋友，跟隨大哥我在泰國布吉公幹，也不知道是否時辰到，先結了一段不應結上的孽緣，在香港有家有室，但甘願做個異鄉客，有日更裝了一肚子蟲蟲回來，半年後大歸。

瑪麗醫院的醫生朋友、我家的娘子，都說是他中了降頭，大哥我拍枱大罵：降頭個屁，是食錯了東西，如果真是落降，他媽的，第一個對象應該是我。

這段可怕恐怖，並非在恍惚迷夢中發生的事件，而是清楚利落，有板有眼，比電影橋段更曲折離奇，雖然大哥我從未看過他肚內的蟲，但終生感覺遺憾，儘管如此，十把刀加在我的頸上，我也不認為他是被人家下了降頭。

所以，大哥我奉勸喜歡去泰國旅行的兄弟妹妹，請千萬小心飲食，街邊很多小檔，賣的是醃漬海鮮之類的生冷食物，最好不沾，大排檔的冰水，除非是樽裝，也最好不飲。

除非你老兄自認命大，比我家娘子跳跳虎更斗膽，他媽的，幾十年在曼谷，娘子喜歡吃血淋淋、活生生的貝殼類，叫：司堪，一吃就是一大碟，大哥我在旁邊，嚇到滿頭大汗，但她一直平平安安，連肚痛都沒有。

平行世界，有嗎？

各位對靈異又怕又喜歡碰口碰面的兄弟妹妹，先說一件在大哥我的身邊的古怪事件。

我的下一個小弟，今生今世既非修行人，更和齋菜素食無緣，只喜歡閒時節賭賭狗馬、咬枝菸、吹吹水，不嫁不娶，比草根更草根，和大哥我緣分淡淡如椰青水，僅是不打架、不吵嘴的兄弟。

前年有晚，他在臨睡前，和同住的三弟，飲杯濃濃普洱，老老實實，好比落注馬纜，清楚交代，欠了誰的債，誰的人情，請他有機會代還，好啦，上床一睡到天亮，乖乖豬教教豬，出門上班沒有異狀。

在公司覺得太熱，於是在公司的沐浴間洗白白，神清氣朗，一身潔淨衣服，上坐飲杯龍井鐵觀音，閉目養神，兩分鐘後，走得，去了另一個空間啦。

大哥我有些運動朋友，在任何場地走人的，新聞報導多得很，還有些老師的老師，走得也很不可思議，這類離家出走的形式，和燒出一堆舍利子的傳聞，真的是以前得個聽字的傳聞，所以小弟的走，確是一個實例，但不等於是超自然的事件，任何超自然都可以合理解釋，近年走進了物理世界，他媽的，劉佬佬走進了和路迪斯尼樂園，晚晚做夢，都在滿天星空的蟲洞玩過山車遊戲。

塵世有情只有三種對靈異事件的態度：

第一種是拒絕相信，即使他老哥看見等待投胎轉世的親友，對不起，乃是幻象幻覺，靈異也者，不過是剛果動物園裏的北極熊，吹到你嗶嗶聲。

第二種是八婆大媽大嬸的鬼世界，集恐怖，詭異，時運低，頑皮的鬼，會時常在她們的床冚被堆吹吹氣，說些：妳可以得閒愛我嗎？之類不連貫的鬼話，時不時開開電視機，水龍頭，或者披頭散髮坐在床邊，幽幽怨怨地，用職業演員的眼神望著妳，怕未？

第三種是相信靈異空間，是另一類維度空間，等待搜尋和溝通，建立一些靠得住的橋樑，減少些我們的虛無感，他媽的，我們走的時候，可以通知好朋友來接接飛機呀，甚至到我們在另一空間，也可以搞幾個網球、游泳公開賽、狐狸脫衣舞俱樂部呀，飲飲食食呀，特別是紅十字會，慈善團體之類，多賺點去更高層次空間的積分。

早些時有朋友問起：究竟現在宇宙有幾個空間？

大哥我說：超弦理論可追溯到二十六個空間，你老哥肯接受的話，是空間無限。

倘若你仍然認為鬼也者，最多不過是傳說傳統的鬼，那麼，空間永遠只有一個。

你是哪一類的有情？

問米通靈和冥婚

六十年代，西環九如坊附近，也有一個像九龍上海街，榕樹頭大笪地的地方，但不是晚上開檔大賣人頭雜貨兼膏藥鐵打，而是很多相命老師的店舖在此討生活。

那些年，落難少爺我，跟大名鼎鼎的命理相師學藝大半年，自覺黃飛鴻和奔雷手文泰來亦莫非如是，時不時上門找這些老師善意踢盤，其中也不忘問聲：究竟問米這回事，是真還是假？

鬼神陰間之道，相信有人之處，就有專業人士，和外國的通靈人都是同行，甚至有相同之處，問米通靈，不是直接去陰間，上窮碧落下黃泉，而是找到陰間的中介者，經這位哥哥或姐姐，通過某些政府機構，把事主找出來。

當然都屬於冷門邪門行業，最特別之處是容易賺錢，他媽的，分分鐘鬼鬼馬馬，唸幾句自創臺詞，做場騷就可以，但時日一久，非真材實料不可，你老哥以為很容易找到另一個空間的門檻嗎？

這是天賦隨身的本性呀，翻翻大哥的檔案，外國的通靈人，只有一個合乎資格的高手，源於神探福爾摩斯的偵探小說作家，英國佬柯南・道爾爵士（Sir Lgnatius Conan Doyle），他本身是通靈和第四空間的鐵粉，有個他深信不移的靈媒：艾琳（Eileen J Garrett）。

最轟動的通靈案例，是一九三〇年的英國R101飛船

爆炸，這位外國問米婆婆，透過一個靈界中介，而且有名有姓的阿拉伯人，找到失事飛船的幾個亡靈，包括船長和工程師，詳述失事過程，而且涉及飛船工程的專業名詞，恐怕演技更佳的靈媒都難以吹牛吹水。

這個通靈個案也自然有多個版本，大哥我讀過最詳盡和最靠得住的一個，所以一直也是四維度以上空間的鐵粉。

香港六、七十年代，有個真材實料的靈媒，問米婆婆，三姐。

十個相學老師，起碼有七、八個推薦給他的八婆八嬸客人。

其中一個是我在電臺寫劇本時高層朋友的姊姊，有個女性小輩走了十年八年，某年七月頭報夢給她的老媽老爹，最奇的是他們是同時收到這個夢，很難會不信。

這個剛拿到陰間身分證的後輩小朋友告訴他們，她有日在戲院門外巧遇比他早走兩年的俊男，也是緣分到了推不開，不知是否奉子成婚，總之嫁硬，男家陽宅在某街某豪宅，有名有姓，請老媽上門揾親家，乖女有夢，不能不去，一問之下，男方父母也同樣收到乖仔報夢，真的竟然假不了，兩家人幾乎相擁痛哭。

於是過程抄足電影橋段，為了證實此事，雙方親家還去了上海街（又是這條街！），找到名牌問米婆婆三姐，吟吟哦哦，姿姿整整，哭哭啼啼之後，兩位少爺小姐都找了上來，確認男歡女愛純屬自願，並非強逼死寃，於是揀好日子，趕緊在閉關之前成其好事，是否要

找個陰間律師證婚，那不得而知。

這個故事千真萬確，因為講的朋友是高層身分，絕無需要講大話，甩大牙，包括假牙！

談談狐，說說鬼

且先看看蒲松齡老哥的《聊齋志異》，一向放在他書前的詩句：

姑妄言之妄聽之，瓜棚豆架雨如絲，料應厭作人間語，愛聽秋墳鬼唱詩。

其實這首詩並非蒲老兄所作，而是他一個識書之友，在讀過《聊齋》之後的書後題。

這位也是大才子，康熙年間的一品官兒，刑部尚書，姓王，王士禛，別號漁洋。

南人說鬼，北人說狐，是不是南方沒甚麼狐狸之精，真是不大好說，大哥我早年有個好友，樣子清削白淨，只要左手一把扇，右手一本外國成人雜誌，馬上就是一個伶伶俐俐，不過鹹蛋味多些的讀書人。

他跟我說過在順德的酒店，半夜三更親眼看見有條白色尾巴的女人，坐在床邊，望足他半個鐘頭，但他說無論怎樣也看不清楚她的面，只覺得有種說不出來的騷香，他媽的，聽得大哥我，口水流入肺一大湯碗，又忘記了問他那一間酒店，幾號房間，否則找個節日住他媽的兩三晚，不理有緣無緣，捉隻回來給娘子跳跳虎，做個乖巧的二廚，正。

更遺憾的是，也沒有問他有沒有男生自然的反應，這隻非狐似美女的人型動物，相信也沒有一口咬下他甚麼部位，傳說中，狐仙之類也只喜歡和男生結結善緣，不會把人看成宿主或是上身，是層次較高的非人。

大哥我有些修道的朋友，說本地就有幾個做過狐仙的修行人開館傳法，問有興趣結個緣嗎？

主動去結的，恐怕不是緣，反而可能是結了業，又背了一條不知所謂的數在身，推了。

遇鬼撞鬼，被鬼壓的朋友果然很多，但十八加一，都是生理問題，大哥我長期是運動員，所以清楚，大多時是太累，壓力大，請不要以為被不懷好意的靈界朋友摑了一巴，可以肯定的是，這些個案，大半是心理和生理上的壓力形成的，只有百分之二、三左右，是他們的能量和陽間有情的氣場相牴觸而產生的壓力感而已，大

哥我根本就不相信陰間有情喜歡亂搞男女關係，非壓不可。

真真正正碰到的人，會知道氣場的壓迫感，不只是毛骨聳然如此簡單，想知道嗎，直接被電流電十秒八秒，再打一半拆扣，就是如此。

而想和你老哥溝通，互換名片，做過短打好朋友，或者是親人捨不得你，和你咬咬嘴仔之類，他們是入夢的，因為你在夢中的氣場和他們的接近，所以有些朋友覺得是實體的，對呀，大哥我認同，因為有過如此經驗，不是看多了AV的效果。

只不過是平行世界

好意敬告各位姐姐妹妹及兄弟，不可不知，每個人間有情由於多生業力所積，假假地都有個氣場或稱之為磁場，等於牛頓先生發覺整個銀河系都有種無處不在的，叫作乙太的東西！

特別是和任何宗教有溝通的大爺大嬸，氣場和靈異空間頗為不可思議地，彷彿有條似有或無的手機專線，在某些場所，自動一搭就通，大哥我在這方面頗有專業水準，是因自小嚇到大，又兼早早就接觸佛經，所以嚇到癲癲地之際，索性放大八卦，去鑽研另一空間的靈異事件。

有部由妮歌潔曼主演的電影，裏面一家母子三子，其實已經意外逝世，但仍然以為猶在凡間，照常生活，這種雖死而不死的心態是容易了解到極點。

有朋友認為是平行世界，霍金老兄很早就提出很多維度時空，不過是一份摺疊的報紙，看一頁時，心就在這一頁，搬來搬去，靈魂也好，意識也好，不過是物理學上的條件，主要的不是我們的軀殼，佛教早早就叫我們不要貪這個不實在的色身，靈魂或意識，才是我們的本家。

就在早三個星期，某日下午或黃昏或深夜三更五更，總之大哥我處於迷茫與清醒的邊緣，手機聲響，拿起一聽，嚇得幾乎尿床，傳來對話，正是前三年去了另一個空間的妹妹，清清脆脆，大哥我口中，彷佛塞滿了一噸臭海膽和最討厭的壽司，哎吔吔，嚇得我幾十年的修行功夫，變成一碗及第之粥。

到底是自己的親妹妹，並非仇家或舊日情人，討債的成數不高，定下心來，慢慢談得入巷。

各位兄弟妹妹，此事千真萬確，百分之七十五以上是清醒的，否則不會有驚到在飛機被迫跳下來的感覺，枉我自稱常在定中，已修成坐神入照的境界，若然被老師知道，九成取消本人在凡間的假期，立刻回校閉關思過，所有成人雜誌和AV光碟不准攜帶。

我的結論是，這個親妹妹身處的地方，大概不會是陰冥城市，因為她的語氣爽朗明快，猶如沐身在陽光燦

爛中，殺了我也不信是甚麼陰魂報夢。

既然有不同的空間，也自然有平行的世界，而且物理學早證明有反物質的存在，當然你老兄和大媽大嬸，在麻雀枱上，對她們說甚麼光速和量子，她不一手捉你過來，要你吞幾隻筒索萬才怪。

也說說四面佛

本人常在曼谷和各方英雄開會，慣常住的酒店就在四面佛兄弟隔壁，所以每次步出街第一件事，就是入去這位大哥的地頭，奉上幾炷香，打個招呼，哈你老友！

傳說一，這位大哥每晚到場坐坐，到底是自己的站頭，來這裏飲杯茶，咬個包的時間是泰國九點十五分至四十五分，所以拜佛而來的朋友，最好揀時間。

第二，雖說是他的地頭，靈異故事亦時有所聞，聽過香港有些運低朋友，在這裏帶了靈界朋友回港，怎樣勸、嚇、凶、跪也不走，等於有個冇證件的陌生人跟你

來香港，不跟你走跟哪個？想走不容易啦，老表！

第三，不一定是你的時運低，而是他們是負面的電波，你的氣場如有虛位，必入，所以實情可能是由你攝他們回香港，多過他們趁你病而進入你的體內，回來之後，用甚麼辦法拆解，乃是後話！

所以有幾個溫馨提示給各位哥哥姐姐！

1.農曆七月拜四面佛，好事，但正在病中，不拜。失戀或仍在瘋狂減肥中，情緒抑鬱，失戀中，和身邊人大吵大鬧中，不拜。

2.如果非拜不可，可以集體行動，幾千匹叫泰妹在神前跳舞，搞大佢，越熱鬧越好！

3.拜之時突然覺得悲傷淒涼，無端端想喊到似梁山伯或祝英台，這是入侵前兆，即走！

4.拜之時小心香火，有個朋友拜時不小心，煙灰灑了前面跪拜的信眾，結果當晚有事發生，醒時不算醒，整夜聽到男聲泰語，一句話，重複又重複，後來問酒店職員，才知道是這位老兄拜神的香灰，弄糟了過路靈客的頭髮。於是即晚找齊舞蹈團，拜足四粒鐘，向四方外圍下跪賠罪，終於脫難。

別誤解了靈魂

我一個玄學了得的妹妹，最近提起一本主題是靈魂的書，屬於研究類型的著作，當然不同於一般鄙俗式講鬼講怪，甚麼柴灣有條猛鬼街，甚麼鬼喜歡和人上床，為甚麼鬼總喜歡和人作對，甚至是人和鬼相處，會吸走人的陽氣嗎？之類，老實說，這些吹牛吹出來的故事，簡直是對靈魂有侮辱性。

但強調本人並無鬼眼，而且認為有鬼眼的仁兄亞姊，十個中起碼九個老吹，可能是五臟有病，例如腎功能衰竭之類，容易產生幻覺，幾個親人去世之前，就頻頻出現見鬼的幻覺，這和高山症缺氧情況下，容易看到不常見的事物，是同樣的見鬼境界。

另外一種是光合作用，環境氣候，物理條件足夠之下，會重組某些失落的時空，大哥我相信後者，也許在某種有別於正常狀態之下，人是可以看到另一個平排的空間。

物理學上的空間維度，是最靠得住解釋我們死後靈魂的去向，特別是量子理論和超弦學說，大哥我長年很專注在這類記載，由《讀者文摘》到discovery、國家地理頻道、BBC，這些較有權威的媒體，應該是靠譜的，甚至臺灣東森電視臺，劉寶傑哥哥的關鍵時刻，神神化化的內容也是有六、七成可信的。

有幾段記了下來可圈可點的說話，送給怕死、怕

鬼，對靈魂學有興趣的朋友：

對於由一千個包括精神科、內外科、心理、創傷科醫生所背書見證的著作，可信性是無可置疑的。

——〈幽明之間，光之城市影的世界〉《讀者文摘》

根本並無死亡這回事，一段歷程而已。

——〈靈應誌異〉《讀者文摘》

*幾十年前，一架德國工程飛船，在惡劣天氣碰毀，無人生還，由外國問米婆婆經另一空間的中介人，請來另一空間的船上人員，講述失事原因，由於牽涉很多，通靈者也說不出來，所以可信性甚高，而最令人感動的是，

這個來自另一空間的工程師，說了下面幾句話：根本沒有死亡這回事，只是一段旅程而已！

十一維度，所知的極限

有朋友問甚麼是十一維度，我答，我們所處所知，是可接受的四維度，點（個人的所在）、線（活動和思維），面（面積，活動範圍）、時間空間（一生的生命）。

由第五維度開始，已涉及宗教和形而上的層面，除了用包容知推想、模擬的辦法，否則你老哥已經開始迷茫！

第五維度，個人一生的際遇、遭遇，所產生的作用和激活，不斷地影響人生每一段過程和更正你的選擇和思維。

第六維度，我認為是最接近輪迴的說法，當然不是指佛教狹義的輪迴，而是指不常不斷的時空，每個生命都進入虛擬的不同角色世界，因而發展個別不同的生命歷程！

第七維度，我們所處的這個小千世界，自然也有獨立的形態，生命歷程，換言之，所有生命仍未脫離這個宇宙的範疇，我們仍未脫離軌道，即使在第五維度之上，你擁有的無非是狹義的星際。

第八維度，一旦我們這個已知的宇宙，例如，太陽的九大行星組合，在銀河系大概有四百萬同類組合，在二〇〇九年，更發現在我們自己的銀河系之外，還有千個以上的銀河系。

在一九八五年，南加州大學，已發現在銀河系的反方向，有不只一個的暗物質世界，在這個世界，有他們另外一類反物質的銀河系，換言之，說是小千世界外的大千世界，亦無不可！

第九維度，這個匪疑所思的外宇宙，也有他們的輪迴轉化的過程，物理學家最近的推論，包括霍金先生，假使宇宙由不斷澎脹，最後終於大爆炸，又回到最初的起點，換言之，整個宇宙終於成為一個超級宇宙。

第十維度，這個超級宇宙，自然會有自我的生命歷程，星球的生死流轉，死亡的星球，會向自己內部凹陷，在凹陷的過程中，吸入在附近的一切物質，包括小型的星球，甚至於光線，形成所謂黑洞，最終可能結成一顆面積甚少但極重的太空暗物質。

第十一維度，超級的宇宙進入另一個更虛擬，而無法令任何智慧生命能夠想像的世界，我相信是佛家思維內的宏觀世界！同樣有它的生命歷程和另類際遇。

我告訴我的朋友，物理世界最能詮釋佛經內的宇宙觀，我的一個朋友老師，馮馮先生早幾十年已經有著作闡明，佛家和物理太空的關係。

一切和宇宙，銀行系的生，以至和所有生命，時空、磁場、重力、相對論、量子、死亡和重生，無非說明所有這些，源於兩個字，作用，所產生的影響，便是生命！

美國南加州大學

南加州大學的物理系學生早十年前，不但發現另一個反物質世界，而且指出這個不可思議的層面，居然有自己本身的星河系。

另外早十年前BBC訪問過一羣醫生，包括精神科博士，於生死輪迴的實錄個案，他們的結論是，有理由相信，人的大腦，可能是接受上一世靈魂的容器，而不單是創造思考行為的器官，這和佛家唯識宗，心王八識中的阿賴耶識有近似的詮釋。

物理學頂尖高手霍金，初期否定人類的超越跨時空可能性，甚至是靈魂的存在，但後期推翻自己的理論，認為人死後，靈魂可能以另一種形式存在，甚至穿梭時空，又頗為吻合佛家的說法，總之，人死後的境界，和外星人的存在，是本世紀內可能會解開的兩大疑團！

其實解開了這些疑團又如何？

輪迴轉世，不單是宗教，特別是佛家的專有名詞，中外古今，無數古靈精怪的個案，問題是到了今時今日，歸納到一句至理名言：

每個人只相信自己喜歡和認同的事。

所以即使百世之後，爭駁依然存在。

《讀者文摘》曾經很詳盡介紹過一本靠得住的記

載：〈幽明之間〉。

描述人在瀕死之際，往來陰陽的見聞，甚至很多醫學權威的背書。

但不信者，即使有頂尖的通靈者，帶他地獄天堂一日遊，對他而言，仍然是幻覺。

歷史上一個非常真實的個案，英國劍橋，頂尖學術人物集中地聖三一，在一九一四至一九二〇年，一個生於印度泰米爾，赤貧體弱的印度人，拉馬努金（Srinivasa Ramanujan），經當代的數學大師，英國哈代先生（Godfrey H Hardy）推薦，成為聖三一的數學院士，短短幾年，留下四千條即使是大師級的數學家，也難以拆解的組合函數，這些遺贈，直接影響霍金的黑洞時間論，維度空間也因他的推廣，由十一維度直上不可思議的二十六維度。

重點是，他本身只受過普通的數學基礎訓練，如此龐大離奇的數學函數，他自稱是出自夢中的女神所授。

對這件實有的人物記載，你老兄相信嗎？

有一部電影：《數造傳奇》（The man who's infinity）

請去看看。

另外一個風雲人物，中世紀的瑞典議員，文學家和哲學家，他的作品甚至影響當代的象徵主義藝術家：波特·萊爾。

另外，史登威堡，有爵士銜，二十七年上落天堂人間，他的名聲與地位，無需造謠作偽，是最靠得住的靈間見證人。

降頭何處來

有位泰國好朋友，十多年前經已拜拜，回歸道山或西方極樂世界。

他在泰國飲食界頗有名氣，而且是居士級的修佛行人，大哥我常常去他的道場吹水，天南地北，由豬八戒的小三，講到文殊師利教授的情人，蓮花生老師六位家虎以外的契老婆，講得最多，不離一種降頭，情降。

情降很多種，也最普遍，據他說：有桃花降、迷魂降、蟲蟲降。桃花也分暫時和永遠的。

其他有鬼降、魔降、迷心降、蛇降，甚至是飛降。

他媽的，講到真的一樣，他說飛降確有其事，但是也不是可以直接把降頭飛去香港，而是通過中介，例如只要知道你老兄的住處，一封空郵或掛號就要你中招，易過今時今日的移民局郵件，怕未？

蔡瀾老兄也寫過在馬來西亞，有個靚仔工程師，旅遊時被當地一個馬拉妹睇中，於是落迷魂降，據說這位仁兄終日渾渾噩噩，可能永遠留在這個馬拉大嬸身邊，慘極。

在香港，有個醫生朋友說見過一位病人，好人好物，外表無事，但每次飯後，肚子一定漲大，轉頭嘔出一堆短釘，他媽的很邪門。

我這個居士朋友本來是香港人，幾十年前來泰國也

是行街街跳跳舞，但回港後莫名奇妙，對家中之虎，外面之狐全無興趣，茶飯不思，本來靚仔肥佬變成火柴，終日空空洞洞，又不知如何，向老婆提出離婚，第一時間飛返泰國，他媽的，他說一踏足泰國，馬上好像魂魄歸位，回復靚佬明星的風采，最奇的是，他慶生那晚，良師益友帶他去相熟的夜店，遇到以前攬過幾次的果子狸，突然覺得愛到入心入肺，突然結婚生仔，從此長居泰國，但是雖然日後也感到有點古怪，但也從來不問枕邊人，唉，這樣子又過了一世。

堰江——酆都城

提醒各位看官及至愛的大爺大妹小妹，農曆七月，是節令最陰寒的時分，請儘量做隻乖乖的小羊小馬，黃昏入夜，特別是冷冷的潮濕霧雨，戒蒲，戒飲，戒病，應該是說自知在病中，不要常常在中宵的街上流連，像是地下鐵的勸喻乘客錄音：

要握扶手，不要在上落電梯時看手機呀。

其實深夜時分，更加不要多看手機，特別是倚牆而看，除非你老哥不信七月是鬼節！

試過有好朋友在五更前後，避雨，在旺角上海街，

人家的屋簷下看手機，旁邊有把猥瑣的男聲問她：陪我兩粒鐘，要幾多錢？
她一怒回頭，只看見有個透明的人影，和一陣酸臭的菸味。

記得幾個十年前在四川成都做買賣，附近有個在堰江縣的小城，名字就叫做：酆都。
對了，名副其實，正正是鬼城和閻羅殿的源頭，傳說中的十王殿，判官大爺牛頭馬面一羣小哥，黑白無常兩個兄弟，一應俱全，到底都是止於傳說。
就不知是從那千年傳到現在，而且這個人間鬼城，裏面也住著原居民，平時日間也熱熱鬧鬧，只是黃昏入夜後，尋常人家早早洗腳上床，街上依然人來人往，只是不聞半句人聲人氣，五更三點，彷彿還聽到拷打刑求的淒厲聲音，問你怕不怕？

同時這裏有個很有趣詭異的習俗，是每年農曆七月十四，家家戶戶當作這晚是年宵佳節，穿得漂漂亮亮地上街，趁熱鬧和做生意，人鬼不分，但做生意的店舖在門口旁邊放一盆清水，生意做妥，貨銀兩訖，銅幣拋落面盆，不是人間流通的錢幣自然就浮在水上，當然賣家也絕不會計較，

把陰陽的錢幣分出來，不過是知所用途而已。

人也好，鬼也好，難得彼此結個善緣，將來在真正的鬼城碰上，打個招呼，介紹間好茶樓，租層好樓，說不定也無需中介。

另外還有個叫作十靈的水井在市中心，據說你老兄想知道亡故的親友、愛人、舊相好、債仔的近況，很簡單，把他們的姓名籍貫，和你的出生日期寫在黃紙或紅紙上投下去，當晚就會向你報夢，帶你下去看看湖江山色，嚐嚐麻辣的四川風味也未可定，甚至舊債新還，欠你一、二千萬陽間錢，補數還給你一、二千億，小事小事。

更可惜的是，九十年代建築三峽水壩的時期，浸沒了長江兩岸很多名勝古蹟，包括這個終年迷霧、朦朧四季的酆都城，真他媽的可惜！

因果篇

並非怪力亂神

有兩個好朋友，問我通常出現的問題。

1. 一個妹妹的親人給所謂高手看過命相，說她三十五歲時逃不了，結果是活到八十五歲，證明這個高手不夠班嗎？

不一定，排八字和家宅風水，論理而為，但很難排得出多生多世的因與果，老師說，有些積怨甚深的因果，雖然也可以由面相看出來，但當今之世，有這樣的大高手嗎？

2. 一個著名命相家，被人家燒館拆招牌，入醫院，同樣等於不夠班嗎？

當然不是相命子平術數之說胡言亂語，而是根器和本身的層次，沒這種緣分的學生，到了本身的山窮處，行人止步，十隻河馬九隻牛也不能拉他入名校大學。

猶如佛家中的大小乘行人，釋迦老師也拍地大罵，小乘是外道種性，他媽的，泥就是泥。

大哥我有個風月場的妹妹，資深大家姊，是香港十大名媽之首，她教大哥如何看狐狸，有些看來千嬌百媚，但永不能做大場，所謂大場，是指層次較高，身分尊貴，多財亦身有才幹的客人，是果子狸就不是狐狸，層次不同，充不了。

第一個事例也曾經發生在大哥身上，七十年代和大學同學逛旺角廟街，一時身痕找攤檔看相，兩撇鬍鬚的專家一拍枱，說：他媽的，你活不到三十三歲。

此事貨真價實，吾家娘子可以做證，三十三歲之前一星期，果然有劫，是大哥我生平一個大劫，死不了。

好在這個專家值四十分，否則大哥我恐怕早入了中陰身的驛站。

佛家修行人，即使是善信和初階的學徒，一定知道甚麼是中陰身，但真真正正可以把中陰身的境界狀態，清楚地徹底地描述出來，是萬中無一，其他所謂高手法師，最多是形容當普通人死後，在另外一個空間等待輪迴的過程，甚至是一段有如同陽世生活起居的狀況，到時到候，夠鐘了，請去入境事務處拿批文，該去甚麼地方，請買定機票車票，走得啦。

大哥我古古怪怪，但也是個很乖，希望滿身寶刀寶劍的學生，相學老師那時是名家，到了大哥我策馬踏遍品流複雜，千奇百怪，上刀山落過火鍋的歲月四季，再回想老師當年，馬上五體投地，叩頭叩頭，因為幾十年驗證，方知相學命理，佛學修為，都不是亂吹廿九，亦知道為甚麼佛家嚴禁弟子，不准涉及卜筮命相之道。

這個老師也是修佛行人，但從未皈依，他說佛家嚴禁弟子涉入這一行，亦等於真正武林中人，嚴禁學生借武生事。

佛家是無常不斷，層次較低的相學行人，不會補相，所謂補相，就是向客人解釋，即使是命由業定，也可以靠後天的修心，不一定可以改變命運，但重業輕報，修得好的能量氣場，分分鐘扭轉了一些無以言喻的際遇。

老師說：一般所謂專家，只能算出個人命業，不屬於個人的一合相、一個家、一個家族以至國家，也可以說是一合相，稱之為：共業。

我曾經和這個老師談過：甚麼是中陰身？

他說：日後自己去體會一下吧。

那時大哥我還在肚裏媽媽的，老師明明是卸膊。

不過老師又補充一句：別人生前看不到，但你可以看到。

要知道嗎？請跟大哥我飲杯鴛鴦，咬件鮮油多，一碟茄汁豬扒飯，加煎蛋兩只，太陽蛋，唔該。

我告訴你。

*有日經過旺角，和一個擺命相街檔的老人家閒談，大哥問他，為甚麼還要坐在街邊？

他指指樓上地下，兩個單位，三間舖是他的。

他說：風涼水冷，路上人面桃花，又不愁衣食，吉凶自知，有甚麼好過舒服地坐在街邊。

吹漲大哥我。

臨走放下二百元，老人家說：無功不受錢，姑且說出你身上一個特徵，沒有的話，請帶走。

OK喎，大哥想：九成是指鼻頭有痣，眉中有癦。

在我耳邊說了八個字。

大家撫掌一笑，多給他兩隻拇指兩隻腳指公，真是陋室中的高人。

如是因，如是果

各位不肯早睡早起的看官，因果之道當然是有的，中觀行人眼中的因果，是指力，一切業所帶出來的力。

但絕不是買一賠一，或三十賠一百這麼簡單，是要看種因受果的雙方，心態、環境、時空、報應大或小，主要是業力的作用！

七十年代以前，當我還是熱血的現代詩人身分，有位同道朋友，很俊逸，高高瘦瘦，在港大醫學院，一家和本人頗有緣分，我晚飯後常去和他的父母吹水，兼且他有個身材特別出色的姊姊，該去該去。

這個朋友瀟瀟灑灑，但是從不肯交女友，小弟我跟他喝咖啡之餘，也問過同樣問題，他總是淡淡一笑答：何必累人？

這位好朋友，雍容磊落，但開朗中帶一點說不出來的鬱鬱，是四個柳宗元加三個蘇東坡的味道，勁到呢，一個跟斗就可以跳到五、六樓那種。

有晚，小弟我感冒兼重傷風，黃昏飯後，一覺睡倒，忽然好像這位朋友拿著杯咖啡，對我說，走啦，走啦，揮手長揖而別，當下一驚而醒，清楚知道，是子時十一點左右！剛好到了電臺的《夜半奇談》的節目時間。

五、六分鐘後，收到他姊姊電話，是他跳樓走了！

出喪前夕，白頭人不送黑頭人，但他老爹托我寫一封信放在他棺木的枕下，很簡單，幾個字：前債已清，各無拖欠！

七十年代尾，這位老爹約我喝咖啡，告訴我一個稍微詭祕的故事：

若干年前，兩個自少相識、相打、打波子兼跳飛機，死黨牛王頭，讀書同班同位，同時泡一個女同學，畢業後各有各打工，A君早結婚，有一女，B君仍是寡佬。

某年某日，B君往加拿大移民，臨走珍而重之，交給他一個小型行李袋，講明：若干年後回來，請原袋交還！

過後一年，A君窮困潦倒，正在想找樽老鼠藥全家

自殺，剛好發覺B君交下的行李袋，裏面有一批美元外幣之類，只好用了一半再說，反正難關過了，幾年後補足就是！

但B君半年後回來，恰好A君夫婦不在家，向A君的老媽，把行李袋索回即走，此後再無音訊！

第三年年尾，A君多了一個兒子，乖巧伶俐，對父母也孝孝順順，智商三百五以上，考試如食生菜，大學讀醫，A君仆心仆命，籌到學費送他入醫學院，在將畢業那年，突然無緣無故，跳樓走人！

A君，就是朋友的老爹，在我的朋友走前一年，他已隱約知道，自己的兒子，原來是當日的好友B君，及至兒子走人，那筆辛辛苦苦籌回來的學費和十多年的養育費的數目，差不多是當年偷偷用去，B君行李袋的外幣總數銀碼。

這段因果帶出多面的看法，大哥我分別問過很多不同層次的朋友，大多人說是恩怨情仇式的報應，擅自用了好朋友的救命錢財，還你一段喪子之痛，後半生惆悵如厚雲壓身。

但A君說很感恩，說這位朋友有情有義，成為他的兒子，持續彼此的友情，大哥我同意他的想法。

各位看官認為如何？

我的姻緣路上

各位有眼界胸襟的看官，人間世，沒有純善、純惡這回事，而是善之中有惡，惡中亦有善，正正相反，禍福相倚，生為凡人，注定此生都在和六根，五蘊鬥爭中，要說凡塵有貪、嗔、癡，他媽的，平衡世間的鬼道，何嘗沒有貪、嗔、癡？輪迴六道，道道都可以修行證果！

大哥我小牛王頭時候，是在澳門街度過的，雖然是一段段的石板長街，倒覺得很有點人情風味，那陣子住在陳樂巷，巷頭，有一個小小的水井，老媽和那羣八婆大嬸就常常在井旁邊打麻雀，爆粗吹水，無所不談。

但是一到農曆七月，不知甚麼理由，麻雀枱搬到巷尾，有次口多多問眾八婆，why?

登時被罵得一頭霧水！少爺仔我一把火，指著八婆大嬸，說：他媽的，他日在這裏找個漂亮的老婆，麻雀高手，把妳們的買餸錢贏得一乾二淨，變成爛賭鬼！

有個八婆答嘴：好呀，你在這條街上找得到老婆仔再說！

後來才陸續聽到，由零碎砌成完整的故事，巷頭那口水井，某年農曆七日十一號，有個丫鬟因為服侍打麻雀的有錢婆乸，不小心一杯熱茶打翻了，已經被又打又罵，夜裏出去買熱水和宵夜，（澳門街真的有買熱水這回事，因為我也曾經買過）回來時一失腳，壺破水空，一時又驚又恨，走投無路之下，就此心一橫，跳進巷頭

那口水井。

本少爺心頭火起，只因生平最討厭有兩個銅臭，一面唸幾句阿彌陀佛，一面打丫鬟妹仔的豬乸婆娘，於是一有機會便在八婆聚談會中咒這頭豬八怪不得好死，死落地獄變成豬油渣、豬雜粥、豬肉漢堡扒……直到老媽忍不住說：好啦好啦，你這小子如此善心，保佑你在這裏可以找到個好老婆！

敬告各位看官，吾家至愛的娘子跳跳虎，巧得不能再巧，她也曾長住澳門街，是大半個澳門人，她的牛王妹時期，是住在陳樂里，和大哥我住的陳樂巷，剛好只隔了一口水井！

天下間的巧事極多，巧到不能再巧的事，偏偏發生在本人身上。

＊不過我家娘子跳跳虎永遠不是麻雀高手，所以大哥我不會帶她回澳門街，見那些麻雀八婆！

一切來自南京 之一

九十年代初期，大哥叨陪一席，隨著國務院的頭頭、國外名牌名人，參觀南京大屠殺博物館，在禮賓車上，認識一位日本老人家，帶著兩個趣緻的孫女，我問他：小孩子來這類地方，是不是可怕些？

大哥說普通話的時候，永遠帶著一嘴咖喱多骨的薯仔。

老人家說：我可以說廣東話的。

萬分之一秒，到了喝藍山咖啡的時間。

他說：我們的教育角度和你們不同，是從另一個方向出發。

大哥我心裏媽媽聲，他媽的，殺了南京這麼多人，還說風涼話？

可能他看得出我心中的粗口，他說：今晚在酒店談談天，好嗎？

好呀，今晚齋口也齋心。

那天我們被安排住在中國第一間五星級飯店，也是傳說中最猛的大酒店，也是大哥我最不喜歡的酒店。

老人家告訴大哥，戰時參軍，運用他家族的勢力，被派到廣州，汪精衛屬下周佛海的政府做個閒職武官，他本身修禪宗，所以拒絕參與任何殺戮行為，很有種。

對口型呀，於是無所不談，說起南京，他告訴我一個或涉及因果的故事：

一九三七年十二月十三日，南京淪陷，帶兵入南京的軍隊有兩派，一派是他表哥，止殺，反對屠戮軍民；

另一派的軍頭有韓國人血統，最他媽的殺人最多，就是這一派的ＰＫ軍佬。

他表哥一直袖手一旁，十二月底，他的部隊撤出南京，臨離開時，帶走了一個清秀趣緻的南京小孩。

三十年後，東京發生一起謀殺事件，十二月十五日，當年的南京大屠殺，最多韓國兵士的軍頭，邀請當年的軍佬朋友，來個甚麼南京三十年祭。

一個中年人持刀衝入，殺了其中八個人，還包括軍頭。

事情當然鬧得極大，辯護律師是老人家的女兒，亦即兩個孫仔的母親。

他說，上得法庭，律師姐姐給庭上看了一批表哥給她，有關南京屠殺的照片，這個凶手，就是他當年帶回日本的南京孩子，一家人十六口死得非常慘烈，惟一剩下來的孩子。

而這個所謂凶手，只有一句說話：是我的家人帶我去殺他們的。

後來如何？

老人家給了我一張名片，除了日本名字，還有個中文名字，他姓劉，名字旁邊括弧裏一個字：直。

真怪，他叫我查查網站吧。

他在福岡有間頗大的禪修寺院，他是老闆，主持是他的表哥，在日本，寺院也可以是一盤生意。

殺了人的中國孩子，當然已經是中年人了，也在寺院修行。

最後讓我看寺院和有關人等的照片，包括那個殺日

本佬的孩子，圓頭圓腦，一面笑容，也許和我的想法一樣：殺得真好。

一切來自南京 之二

先說一個真實的歷史小故事：

《三國演義》中，奸而英雄的曹操，阿瞞哥哥，挾東漢最後一個皇帝，獻帝劉協以令諸侯，各位以為這位末代君王，慘過歷史上其他歸降之二世祖嗎？

錯，現實中，劉協先生沒有被殺，反而去到自己的封國山東，做了十幾年山陽公，成了一代名醫，他媽的，比一腳踼走他的曹丕魏帝還長命。

他的玄孫劉亞知，在天下再度大亂之前，家族一行二千人，去了日本，不知是運氣還是因果，他帶去的隨從有很多是來自紡織和製造的高手，於是兜兜轉轉，做了天皇的朝臣，而且歷代不是閒閒貢的臣子，是有實權實職的大臣，甚至是管國家財政的大藏相，據說日本有十六個大家族，全部是劉協先生的子子孫孫，其中現代的十六個日本首相，都有他的血統，包括我們較熟悉的田中角榮，和九十四任首相菅直人，現任首相看來也似乎姓菅，其實不然，也沒有關係。）

在南京認識的劉先生榮哥哥，他名字旁邊有個字：直。就是當年天皇的賜姓。

在大哥超不喜歡的X陵酒店，茶座上一個人的咖啡，喝出了三個人的藍山，認識了兄妹兩人，哥哥是在國務院一個中級官員，妹妹很俏麗，他們說我像極了在文革時期死去的紅衛兵哥哥，有相為證，大哥肚裏又媽媽聲，想：你們大哥哪有這樣浪漫？

當晚清清楚楚，有個小插曲，南京出了名是最多靈客聚集的城市，六朝金粉，也有六朝冤死的幽魂，平時的南京，都是天晴鬱鬱黯黯，滿布陰霞愁霧，雨季更不用說了。

午夜兩點鐘，大哥慘慘豬，睡在五百尺的房間，迷惘中看見兩三個好像穿了黑袍的物體，當下非常清醒，知道並非在UFO上面，來者也大概不是外星人，也不像把大哥我看成被解剖的外星人。

告訴各位，他們是實體的，和大哥我對望了起碼兩三分鐘，感覺已經十年八年啦，心裡唸著：各位究竟想怎樣？我可是悼念者，南京事件的鐵粉，每次到日本公幹，有意無意都首先挖挖對方的傷疤，替大家報報小仇，諸如此類。

就這樣，又迷迷濛濛，入睡到了明天。

雖然過程不像一般遇鬼事件的恐怖，但大哥我，發誓這一生都不住這間酒店。

隔了三年，我和娘子都在澳洲，夏天，亦即冬天，突然有個政府高層的朋友，告訴我國務院來了個訪問團，問大哥可以接待嗎？

可以呀，但為甚麼是我？澳洲那麼多的豪門大客。

他笑笑，說：對方說你是熟人。

在布里斯班，冠蓋雲集，果然是熟人，領班頭頭，是當年茶座，把我當作大哥的北方朋友。

三年不見，大魚躍過了龍門，成了從一品大官啦。

一切來自南京

結局

同一年，由澳洲的冬天，回歸到北京，公事如魔幻纏身，由農曆造冬，已注定無法回家過年，他媽的，悽悽慘慘戚戚，尋尋覓覓，家人如夢。

本來北京朋友甚多，不過修行的大師要閉關，俗家的要回黑龍江，熟悉大陸風情的弟弟妹妹都知道，年關一近，不要說狐狸果子狸，不是土生的動物都走得一乾二淨，話知你在酒店房間玩三上吊。

正當如此這般，單身遊遊長城，去故宮看看，若是珍妃姐姐還在井邊徘徊，也不妨促膝談談情，勸她趁早

輪迴投胎，好歹在香港相見，也順手把手機號碼給她，了卻心事一件。

年三十晚，我的國務院朋友，一通電話：年初一在海淀區食個午飯吧，如何？

好極了，我們吃毛主席潤之先生的湖南菜。

大年初一，早上辰時之後，這位從一品的大官兒，帶了兩三個隨從，在只有一張毛主席大相的包廂，吃超辣的湖南菜。

由中層的五品，一兩年跳上一品位置，不容易呀，這位把我看作不浪漫大哥的京官，對我說一個不可思議的因果故事。

大陸嚴打鬼神之說，但因果是宗教和物理的金不換法則呀，可說可說。

他老兄之下還有一個妹妹和弟弟，都是官場人物，邊防官，檢查邊境的來往人等。

南京碰面的第二年，弟弟和妹妹同時捲入政治鬥爭的漩渦，入獄，而且定了死刑的日子。

身為哥哥，急得不能再急了，連花錢都不上力，星期六早行刑，連最後一面都看不到了。

星期六，三、四更時分，帶著眼淚，倚在床上，良久良久，在朦朧中，他失蹤多年的親哥哥，撫著他的頭髮，在耳邊說：他們沒事了，放心。

明早十時左右，他的妹妹，就是在南京同時認識的一個，周迅和章子怡的混合體，告訴她哥哥，死刑的時間是九時三十分，但早一個鐘頭，就放了她們出去。

文革時期，他們的哥哥是紅衛兵小頭目，有次於心不忍，放走了分當必死的老人家，他同學的父親，延安的老幹部，但被其他小將發覺，幾乎把他活活打死，他說一命換一命，叫他們不要再找老幹部的麻煩，自此再無下落。

他升官的前半年，上頭安排飯局，介紹他認識一個很體面的中年人，一見面就眼濕濕，有自己人的感覺，臨別之時，只說了一句：我是你哥哥的同學。

就是這樣，時空安排得有板有眼，差一點，偏斜一點，結局大不同了。

若是因果，各位怎樣聯想其中的細節？

信不信由你，他的哥哥雖然不夠浪漫，但身型輪廓都和大哥我相似。

另一件事不由你不信，他哥哥是在農曆浩冬後一天出生，新曆生日和我的一模一樣，也都是早上辰時。

作者簡介

著名資深現代詩人，起自六七十年代，在現代文學，現代詩，短篇小說，散文方面，固有所長盛譽，詩作甚豐，屢在臺灣的《藍星詩刊》《現代詩》《創世紀》以及馬來西亞的《蕉風》發表。

在香港亦是著名的《文藝月刊》和《軌跡月刊》的編輯委員及執行編輯。

此外亦擅長運動，曾經是香港網球，香港游泳公開賽的球手及泳手，亦為網球和游泳的知名教練。

八十年代後從商，亦未忘記運動和創作，在香港報章副刊，每日一詩，十多年從未間斷，發表超過四千首現代詩，相信極難有企及的詩人。

一度是大專院校的客座講師，教授現代詩，佛經和劇本創作。

同時研究佛家的有宗空宗，在商途飲馬，時跟大德高僧闊論止觀佛相。

排排坐，

談談靈，

說因果。

文化生活叢書·詩文叢集 1301CC1

排排坐，談談靈，說因果。

作　　者　草　川
責任編輯　蘇　輗
特約校稿　林秋芬

發 行 人　林慶彰
總 經 理　梁錦興
總 編 輯　張晏瑞
編 輯 所　萬卷樓圖書(股)公司
臺北市羅斯福路二段 41 號 6 樓之 3
電話 (02)23216565
傳真 (02)23218698

發　　行　萬卷樓圖書(股)公司
臺北市羅斯福路二段 41 號 6 樓之 3
電話 (02)23216565
傳真 (02)23218698
電郵 SERVICE@WANJUAN.COM.TW
香港經銷
香港聯合書刊物流有限公司
電話 (852)21502100
傳真 (852)23560735

ISBN 978-986-478-492-9
2021 年 8 月初版
定價：新臺幣 460 元

如何購買本書：
1. 劃撥購書，請透過以下帳號
帳號：15624015
戶名：萬卷樓圖書股份有限公司
2. 轉帳購書，請透過以下帳戶
合作金庫銀行　古亭分行
戶名：萬卷樓圖書股份有限公司
帳號：0877717092596
3. 網路購書，請透過萬卷樓網站
網址　WWW.WANJUAN.COM.TW
大量購書，請直接聯繫，將有專人為您服務。(02)23216565　分機 610

如有缺頁、破損或裝訂錯誤，請寄回更換

國家圖書館出版品預行編目資料

排排坐,談談靈,說因果。 / 草川著. -- 初版. -- 臺北市 : 萬卷樓圖書股份有限公司, 2021.08
面 ;　公分. -- (文化生活叢書 ; 1301CC1)
ISBN 978-986-478-492-9(精裝)
863.55　　110013203